『不思議の国のアリス』の分析哲学

八木沢 敬

Analytic Philosophy of
Alice's Adventures in Wonderland

Takashi Yagisawa

『不思議の国のアリス』の分析哲学

八木沢 敬

はじめに

一八六二年七月四日、ルイス・キャロル（本名チャールズ・ラトウィッジ・ドッジソン、一八三二―一八九八）は、オックスフォード大学クライストチャーチ・カレッジの学監ヘンリー・リドルの娘三人らとボート遊びに興じていたが、リドルの娘アリスにせがまれて即興話をした。その話にかなり手を加えて三年後に出版したのが、『不思議の国でのアリスの冒険（*Alice's Adventures in Wonderland*）』である（和訳では『不思議の国のアリス』がタイトルとして定着している）。一見ふつうの子供向けおとぎ話のように見えるこの著作は、子供向けの話には必ず教訓があるものというそれまでの常識をくつがえし、まったく教訓をふくまない純粋に子供向けの知的娯楽だけをめざした本として、児童文学において新しいスタイルを確立した画期的な出版物である。その六年後、同様の目的で続編『鏡をぬけて、そこでアリスが見つけたもの（*Through the Looking-Glass and What Alice Found There*）』が出版された（定着している和訳のタイトルは『鏡の国のアリス』）。

キャロル生誕百周年にあたる一九三二年にイギリスの作家G・K・チェスタトン（一八七四―一九三六）は、アリスの物語が学者たちによって分析しつくされてしまったと嘆いている。たしかに彼が言うように、アリスの物語は子供のナイーブさをもって、そのままの形で楽しむのが最適なのかもしれない。アリスの物語を出発点にして分析哲学の話を繰り広げよう、という本書のようなアプローチは邪道なのかもしれない。もしそうならば、（子供ではないので）本当の子供のナイーブさをもってアリスの物語を読むことができないわたしたちとしては、その邪道をしっかり踏みしめて歩むしかないだろう。と同時に、邪道であろうとなかろうと、大人であるわたしたちは、（子供にはない）大人の成熟さをもってアリスの物語から多くの分析哲学的手法を学ぶことができる、ということを心に留めておこう。

もともとアリスのために語られた『不思議の国のアリス』とその続編『鏡の国のアリス』は、あきらかに子供向けの知的娯楽の物語として意図されたものだが、本書では「子供向け」を取り去り、「知的娯楽」の「知的」部分を強調することによって学問的レベルを高める。と同時に「娯楽」要素を排除するようなことはしない。いかなる知的営みも、楽しくなければ有意義とは感じられないだろうし、長続きもしないだろうからだ。

「子供向け」を取り去りはするが、不思議の国と鏡の国での新しい遭遇におどろき、困惑し、思索し、よろこび、共感するアリスのように、分析哲学的思考という日本ではいまだに「不思議の国」的な印象の強い思考形態を能動的に楽しんでもらえるように、所々に「不思議の国のチャレンジ」として読者へ向けて問題を課すことにした。答えはすべて第15章にあるが、それをすぐに参照するのではなく、問題についてある程度まず自分で考えてみてほしい。そうすれば、第15章での答えが、そうしなかった場合にくらべてより納得できるものとして受けとめられるだろう。「チャレンジ」の役目はそれだけでも果たされるだろうが、さらに望ましいのは、自分でたどりついた答えが第15章にある答えとちがうという発見をすることである。そして、ちがうだけでなく真っ向から対立するのならば、もっといい。どうちがうのか、なぜちがうのか、両者を取り持つ妥協点はあるのか、あるならばそれはどう定式化されるべきか、ないならばどちらが優勢か、あるいはどちらでもない第三の答えを模索するべきなのか、など色々と思索が広がるからである。

分析哲学は柔道と同じで、受け身の稽古をいくら積んでも勝負には勝てない。投げられたとき負傷を避けるのには有用だが、それにとどまる。受け身の達人は消極性の達人にすぎない。みずから積極的に攻めることを知らなくては、真の柔道家とはいえない。誰かほかの人が分析哲学をするのを見たり聞いたり読んだりして、それをきちんと消化するだけでは、受け身の達人以上のものにはなれない。みずから積極的に分析哲学的思考を試みることによってのみ、本当に分析哲学を学んだと言えるのである。「不思議の国のチャレンジ」によって読者の積極性が促されれば、本書を読むよろこびが倍増するにちがいないと確信する。

『不思議の国のアリス』も『鏡の国のアリス』も、オックスフォード大学の論理学教師だったキャロルの話なので「理屈っぽい」。理屈が話を進展させるので、言葉を文字通りまともにかつ論理的に取ることによってはじめて話についていける。ときには言葉じりをとらえるような仕方で理屈を言ったりして、徹底的に理屈っぽくあることでのみ可能になるユーモアをまじえた語り口なので、キャロルの話をキャロルが意図したふうに楽しむためには、論理学者であるキャロルの理屈にとことんついていくしかない。言葉の文字通りの意味以外の「ふくみ」や実生活の必要にかられた「読み込み」を反射的にしてしまう大人より、広い意味で「空気を読む」ことになれていない子供のほうがそれに長《た》けている、と言えるだろう。その意味で、「子供向け」の書物のほうが「大人向け」の書物よりキャロルの著作としては適切だと言えるのである。これは「子供向け」を取り去るという、先に言った本書の方針と矛盾しない。子供の知的限界に縛られない、という意味で「子供向け」を取り去るのであって、「空気を読まない」という意味での「子供っぽさ」は、取り去らないどころか、多くの箇所で強調さえしている。

学問は、理論的になればなるほど「空気を読む」ことから離れる傾向がある。哲学は学問のなかでもっとも理論的なもののひとつであり、そのなかでも分析哲学は純粋に理論的な方法を重視するので、「空気」に汚染されていないという意味での子供的な頭の持ち主のほうが理解しやすいはずである。もちろん、「空気」を吸うことによってはじめて複雑な概念の取得そして思考能力全般の発達が可能になるので、生物学的な意味での子供にとっては、原理的には理解しやすい「はず」だが実際は理解に及ばないことが多いだろう。本書の読者はたぶん「空気」にかなり汚染されてはいるが、分析哲学に関しては子供の無垢《むく》さを保持する、またはしたいと思う大人であろうと思う。本書のページを繰るごとに、すでに脳内にある「空気」の汚染を吐きだしながら分析哲学の酸素を吸い込んで、知的な無垢さを失うことなく、またはそれを回復しつつその思考方法を体験してもらえることを願う。

第0章では、『不思議の国のアリス』と『鏡の国のアリス』のあらすじを簡単になぞる。第1章から第14章は、それぞれ、『不思議の国のアリス』または『鏡の国のアリス』からの抜粋から始まり、その抜粋に触発された分析哲学的な話が展開される（抜粋のページ番号は *The Annotated Alice, the Definitive Edition*, introduction and notes by Martin Gardner, 2000, New York and London: W. W. Norton & Company による）。ときには抜粋に忠実に話をすすめ、ときにはそれから逸脱した間接的にのみ結びつけられうる話題を追及する。また抜粋そのものや、キャロル自身について直接のコメントが入ることも稀にある。

『不思議の国のアリス』からの抜粋をすべて扱ったあとで『鏡の国のアリス』からの抜粋を扱う、ということはしない。もともとの出版順序に厳密に従うのではなく、トピックごとに抜粋をまとめて扱う。つまり、『不思議の国のアリス』の一部だろうが『鏡の国のアリス』の一部だろうが、同じ（ような）トピックについての箇所はいっしょに扱う。たとえば、『不思議の国のアリス』で、何かのふりをするというトピックについての箇所があるが、それを扱ったすぐあとで、同じトピックについて触れている『鏡の国のアリス』の箇所を扱う。というわけで、『不思議の国のアリス』と『鏡の国のアリス』のあいだを行ったり来たりすることになる。

特に、言葉について議論している箇所は、『不思議の国のアリス』と『鏡の国のアリス』の両方にあるだけでなく、ほかのトピックを扱っている箇所にくらべて概念的・方法論的により基本的な話がでてくるので、まず一番先に読むのが最適だと思われる。なので、言葉に関する箇所をまとめて第1

章から第5章とする。アリスがウサギ穴へ落ちて行くシーンで有名な『不思議の国のアリス』の冒頭部分の話は、第8章まで待ってほしい。また、チェシャー猫とはじめて出会う場面（第12章）は、チェシャー猫の首についての騒動の場面を考察したあと（第5章）で扱う。こういう細切れのアプローチは、『不思議の国のアリス』と『鏡の国のアリス』をそれら自体として忠実に読むという精神には反するが、両書に満載された分析哲学的思考を掘り起こして現代風にわたしたちなりに楽しむ、という本書の目的にはもっともかなったアプローチだと確信する。

本書と『不思議の国のアリス』そして『鏡の国のアリス』の関係は単純ではない。それをいかに捉えるかは、読者次第である。不思議の国と鏡の国の冒険から何を学ぶかが、アリス次第であるように。

※人名表記は原音尊重を原則とする。できるだけ標準的な原音に近い日本語の表記になるよう努めた。現在の多数派の表記とことなる表記をあえて選択した箇所もある（たとえば「バークリ」ではなく「バークリー」としたり、「ドヴォルザーク」のかわりに「ドヴォジャーク」とするなど）。できるだけ耳に自然でやさしい音になる表記を選んだつもりだが、原音尊重主義にそった主観的な判断以上の正当化はむずかしいかもしれない。インド・ヨーロッパ言語と日本語のあいだには音韻的にかなり距離があるので、前者に属する人名の発音を日本語で忠実に表記するには

限界がある。相容れない表記案の細かすぎるちがいには神経質にならないのが健康的な態度かもしれない。

※アリスの物語の原書には両方とも、当時の有名なイラストレーター、ジョン・テニエルのイラストがちりばめられていた。一度見たら忘れられない独特の画風で、物語の雰囲気をもりたてる秀逸なイラストである。本書でも、それをあしらって紙面を楽しくした。アリスにひかれて試みるわたしたちの分析哲学の議論を盛りあげてくれるだろう。

目次

はじめに　003
第0章　不思議の国と鏡の国の物語　015
第1節　『不思議の国のアリス』あらすじ　017
第2節　『鏡の国のアリス』あらすじ　023
第1章　ジャムは今日じゃない　041
第1節　今日、わたし、ここ　043
第2章　言葉づかいが荒い卵　049
第1節　名前の意味　056
第2節　自分勝手な意味　060
第3章　名前の名前と呼び方　065
第1節　もの、名前、呼び方　068
第4章　お茶会の礼儀　071

第1節　逆はかならずしも真ならず　074
第5章　首に関する三つ巴の議論　079
第1節　「切る」の二つの意味　081
第2節　独我論への反論　084
第6章　不可能を信じるのは朝飯前　089
第1節　信じるということ　091
第7章　これ全部、誰かの夢　095
第1節　夢のなかだけの存在　100
第8章　現実からの離脱　105
第1節　不思議の国へ　109
第2節　形而上的可能世界と認識的可能世界　122
第9章　二人の自分　133

第1節　二人のふり　135
第2節　ふりの世界と現実世界　150
第3節　宣言する　154
第4節　同時に同じ場所にいる二人　160
第5節　自分自身との非同一性　163

第10章　ごっこ遊び　167
第1節　ふりふたたび　170
第2節　ハイエナのふり　171
第3節　骨のふり　175
第4節　鏡を通り抜けるふり　181

第11章　変わっても同じ　183
第1節　別人になる　185
第2節　別人にならない　187
第3節　自分の継続　189
第4節　魂　193

第12章　にやにや笑って消える猫　197
第1節　ちがいから、ちがいへの推論　202
第2節　実体なしの性質　205
第3節　残像としての、にやにや笑い　210

第13章　名前がなくなる森　213
第1節　述語と性質　218
第2節　論理空間　221
第3節　論理空間と物理空間・時間　227
第4節　個体と性質　234
第5節　集合としての性質　244

第14章　無《む》と空《くう》　261
第1節　無のひと、無のもの　263
第2節　空《くう》　269
第3節　非存在　270

第15章　不思議の国のチャレンジへの答え　275
その1　276
その2　277
その3　278
その4　278
その5　279
その6　280
その7　284
その8　286
その9　287
その10　288
その11　292
その12　298
その13　299
その14　300
あとがき　302

第0章

不思議の国と鏡の国の物語

本書の目的は、キャロルのアリス物語のあらすじを忠実になぞることではない。そうではなくて、キャロルが語る話にでてくるエピソードから分析哲学的に興味深いものを選んで、ときにはキャロルが意図していたであろうポイントから出発して、それをある程度忠実に敷衍《ふえん》するかたちで論じ、ときにはキャロルの意図とは独立にそれ自体でおもしろいトピックを抽出して、分析哲学的考慮のみにもとづいてある程度勝手に論を広げていく、ということである。そのために、原作の章や節の順番や話の統一性、自然な流れといったことに特に注意を払うことはせず、分析哲学的な見地から見て同じようなトピックをあつかっている箇所は、別々の離れた章や節にあっても、一緒くたにして続けて論じる。そうすることによって分析哲学的な話題の連結性が保たれ、論議の明晰さが極大化する助けになるのである。

と同時に、もちろん、物語としての原作の整合性が失われるのは必至である。文学作品としての価値が見えなくなってしまう恐れさえあるかもしれない。文学評論を目指しているのではない本書にとって、それは必ずしも嘆くべき損失ではないと言えなくもないだろうが、しかし読者の立場に立てば、やはり原作の大まかな話の流れさえもわからないようではまったく五里霧中で、分析哲学的考察に集中できない危険があるので、まず最初に原作のあらすじを大まかに押さえておくことにしよう。

そういうわけで、本書の本題である分析哲学的な話に先だつ章として、本章を「第０章」と呼ぶことにした。

第1節　『不思議の国のアリス』あらすじ

ある暑い日に、土手で読書する姉の横にすわって退屈しているアリスのそばを、突然白ウサギが駆け抜けるところから物語は始まる。ウサギを追いかけてウサギ穴に跳びこんだアリスが、ゆっくり下降して落ちた先は暗く長い廊下だった。そこにある四十センチたらずの高さのドアの向こう側に見える花畑へ行きたいと思い、廊下で見つけた小瓶の液体を飲むと身長が二十五センチにまで縮むが、つぎに小さなケーキを食べると逆に二メートル七十五センチにまで伸びてしまう。とほうにくれて大泣きした結果、自分が流した大量の涙に溺れそうになる。いつの間にかネズミ、アヒル、ドードー鳥、ヒインコ、ワシのヒナなどもいっしょに泳いでおり、みないっしょに土手に泳ぎ着いたとたん、どうやって身体を乾かすかについての会議が始まるが、結局ランニングのレースをすることになるのである。その結果みなが勝利者ということになり、アリスが乾し果実をシロップでまぶした菓子をみなに賞品として配ると、アリスにはドードー鳥が指ぬきを授与した。長いしっぽ（long tail）のネズミが長い話（long tale）をしたあとで、アリスがダイナという名の自分のペットの猫の話をすると、とたんにみな逃げ出してアリスは一人取り残されてしまった。

やがて白ウサギが戻って来て、家の中にいるアリスを家政婦とまちがえるが、また別の小瓶の液体を飲んだアリスは部屋からでられないほど大きくなり、ウサギをおどろかせる。自分に向かって投げられた小石がケーキに変るのを見たアリスは、そのケーキを食べてふたたび八センチまで小さくなって家から飛び出した。

外にでると、キノコの上にすわってフーカを吸っている毛虫に尋問される。「自分のことを説明しろ」と言われて「自分じゃなくなってるから(because I'm not myself)説明できない」と答えるのだった。無作法な毛虫と話しているあいだにキノコをかじると、またまた大きくなり、ハトにヘビとまちがえられるが、卵は食べると言いもらしてヘビとの共通点を強調してしまう。キノコの別の部分をかじってふつうのサイズに戻るのだが、空き地にみつけた小さな家に興味をひかれて、小さくなる部分のキノコをかじって再び二十三センチまで小さくなった。

すると森から女王様の召使のサカナがやって来て、その家のドアをノックする。それに答えたのは公爵夫人の召使のカエル。サカナは「女王様から公爵夫人へクロッケーへの御招待」と言って、自分の背丈ほどもある手紙を渡すのだった。サカナが帰ったあとカエルはただすわっているだけなので、アリスは勝手に家のなかに入って行った。

台所へ行くと、そこには、にやにや笑いしている大きなチェシャー猫、スープ作りにいそがしいコック、そして赤ん坊を抱いている公爵夫人がいた。そこで、コックが料理に使っている大量の胡椒のせいでくしゃみをしている公爵夫人との会話が始まる。他人事に口だす者がいなかったら物事のすすみ具合は速くなるだろう、すなわち地球の自転が加速するだろう、などと主張する伯爵夫人は、地球の軸(axis)と斧(axes)にかけて「この子の首をはねよ!」と命令する。アリスはびっくりしてコックを見るが、スープ作りにいそがしいコックは知らん顔なので、伯爵夫人は歌を歌って赤ん坊をあやし続けるのだった。

しばらくあやしてから伯爵夫人は赤ん坊をアリスに投げつけて、女王様とクロッケーをしに行ってしまった。アリスは、これまたさかんにものを投げつける癖のあるコックからのがれるために赤ん坊を抱いて外へ出るが、歩いているあいだに赤ん坊がブタに変るのを見ておどろく。そしてブタは森へと走り去って行くが、そのときアリスは、木の枝にすわってにやにや笑いしているチェシャー猫に気づくのである。「このあたりではみな頭がおかしい」と主張するチェシャー猫は、突然消えたり、またあらわれたりするが、最後に消えたあとにはにやにや笑いだけが残っていた。

消える前にチェシャー猫がしめしてくれた方向に歩いて行くと、言われたとおり三月ウサギの家についた。煙突は耳の形をしており、屋根は毛皮で葺《ふ》いてある家だった。そして、そこでは木陰でお茶会が開かれていた。大きなテーブルの端っこで三月ウサギと帽子屋が、眠っているヤマネをクッションがわりにして、ヤマネの頭ごしに会話していた。アリスは勝手にテーブルにつくが、「招待されてもいないのに座るのは行儀がわるい」と三月ウサギに注意され、「髪を切ったほうがいい」と帽子屋にたしなめられる。そして会話は「どうしてカラスは机と似ているのか」というなぞなぞから始まって、思っていることと言っていることの区別についての議論に発展する。

(キャロルは、執筆当時はこのなぞなぞの答えは念頭になかったと言い、一八九六年版のまえがきで次のような答えをだしている：「とても単調ではあるがいくつかの音（notes）がでるし、けっして（nevar）前後が逆にならないから」。英語では、音楽の音という意味で「note」という単語がよく使われるが、ここではカラスの鳴き声をそう呼んでいる。机で書かれるメモのことも英語では「note」と呼べるので、シャレになっているのである。そして、カラスを意味する英語「raven」を逆につづると「nevar」になり、「けっして（……ない）」という意味の単語「never」と近いので、「カラスはけっして前後が逆にならない」というのは、「raven」は「nevar」ではないという意味の言葉あそびなのである。）

そのあと時間を擬人化して語る帽子屋や、井戸に住む三姉妹の話をするヤマネに混乱させられたりするが、無礼なあつかいに業を煮やしたアリスはお茶会の席をたち、近くの木の幹にあったドアを通ってふたたび長い廊下に戻り、そこから小さな通路をつたって、あざやかな花と涼しげな噴水のある庭へとたどりついた。

そこでアリスが見たのはトランプカードの形をした住人たちだった。そこは、ハートの王様と女王様がクロッケーをする場所なのだった。何かといえば「打ち首じゃ！」と言う癖がある女王様とクロッケーをすることになったアリスは、ボールがハリネズミでマレットがフラミンゴだという事実にとまどう。さらに、みなが同時にプレーするので口論がたえない。嫌気がさしたアリスが、ふたたび顔だけあらわしたチェシャー猫と話していると、王様と女王様がやってきて、女王様がいつもどおり打ち首の刑を猫に科す。だが死刑執行人は、身体のない首ははねることができないと主張する。猫の飼い主である公爵夫人が、女王様の耳をひっぱたいた罪で入れられていた牢屋から釈放されてくるあいだに、チェシャー猫の首は消え去るのだった。

フラミンゴとカラシは両方とも bite する（噛みつく、からい味がする）などとたわいもない話をアリスが公爵夫人としていると、女王様が現れて公爵夫人を退去させた。さらに王様とアリス以外のプレーヤーを打ち首の刑という名目で逮捕したあと、女王様はクロッケーをやめ、アリスをグリフォン（胴体、尾、後足がライオンで、頭、翼、前足が鷲である神話上の動物）とウミガメもどき（ウミガメもどきスープの材料――実際は子牛肉を使うのがふつう）に紹介してから立ち去った。

アリスとグリフォンとウミガメもどきは、学校で学んだことについて言葉のシャレをまじえて語り合うが、それに飽きたグリフォンにうながされてウミガメもどきは、ロブスターと踊るスクエアダンスについて歌をまじえながら話し始める。そしてネズミイルカ（porpoise）と目的（purpose）についてのシャレでウミガメもどきが話し終えると、アリスが自分の冒険について語りはじめたが、ロブスターとのスクエアダンスの物語で頭がいっぱいになっていたアリスは、自分でもわからないうちにその物語のほうを話しているのだった。ウミガメもどきとグリフォンもコーラスに加わりなどしていると、「裁判が始まるなり！」と叫ぶ声が遠くから聞こえてくる。

小動物や鳥やトランプカードで混雑する法廷には、王様が裁判官として鎮座していた。すると白ウサギがトランペットを三回吹き鳴らして、ハートの女王様が夏の日に作ったタルトをハートのジャックが盗んだ旨の韻文の罪状を読みあげた。証人として帽子屋が呼ばれるが、女王様に凝視されてとまどい、パンのかわりにティーカップをかじってしまう。次の証人は伯爵夫人のコックで、タルトは何でできているかという王様の質問に「ほとんど胡椒」と答える。そして、次の証人は誰かと思っていたアリスは、白ウサギが「アリス！」と読みあげるのを聞いてびっくりする。

帽子屋が証言していたときから再び大きくなりだしていたアリスが立ち上がると、陪審員の動物たちは椅子から転げ落ちてしまい、法廷は混乱する。混乱が静まってからアリスは何も知らないと証言するが、背丈が1マイル以上の者は法廷を出るべしと王様から言われる。だが1マイルも背が高くないアリスはそのまま居続ける。判決をいそぐ王様をおさえて白ウサギが次に韻文の証言を読みあげると、その無意味さにアリスが抗議するが、女王様は、判決の前に刑の宣告をせよと言い張る。これに怒ったアリスは、すでに本来の背丈にもどって自信がついていたので黙らず抗議し続けたが、女王様に「打ち首じゃ！」と言われるとがまんできなくなり、「みんなただのトランプカードにすぎないくせに！」と言いはなった。するとトランプカードが一斉にアリスのうえに降って落ちてきたかと思うと、つぎの瞬間、アリスは土手でお姉さんの膝のうえに頭をあずけて寝そべっているのだった。

アリスは自分が見た夢をお姉さんに話して走り去るが、お姉さんはアリスが夢見た冒険を自分で夢想し、やがて大人になったアリスがかつて楽しい夏の日をすごしたことを思い出すことだろうと想いをはせるのだった。

第2節　『鏡の国のアリス』あらすじ

（『不思議の国でのアリスの冒険』と同じく、この第二作でも女王様や王様がでてくる。ただ、トランプカードとしてではなくチェスの駒としてである。じっさい、この物語全体がチェスのゲームを模して語られており、白のポーンであるアリスの動きから始まり十一手で白が勝つこのゲームは、キャロル自身によって図式化され、その図式は物語といっしょに掲載されるのがふつうである。）

自宅でペットの子猫キティーと遊んでいるアリスは、キティーをチェスの赤の女王様に見たてるが、女王様らしく腕を組まないので、そのすねている格好をキティー自身に見せようと鏡にかざす。そして鏡を通り越すふりをしてみると、ほんとうに鏡の向こう側の「鏡の家」へと抜け出してしまうのだった。

その「鏡の家」で生きたチェスの駒たちが炉端で歩き回っているのを見つけたアリスは、白の女王様と王様を炉端からテーブルの上につまみあげる。女王様と王様はたいそうおどろくが、アリスの姿は見えず声も聞こえていないようだった。テーブルには一冊の本があり、そこにはJabberwockyというナンセンス詩が鏡文字で書かれていた。

'Twas brillig, and the slithy toves
　Did gyre and gimble in the wabe:
All mimsy were the borogoves,
　And the mome raths outgrabe.

で始まる美しいが難解なその詩を読んだあと、アリスは足を床につけることなくふわふわと浮きながら階段を下って家の外に出た。

そこで花園のオニユリ、バラ、ヒナギク、スミレ、ヒエンソウと会話していると、赤の女王様がやって来るのが見えた。家の中とはちがってアリスと同じ大きさになっていた女王様を出迎えようと、その方向へ歩くと女王様を見失って家の前にもどって来てしまうので、女王様とは反対方向へ歩いてみたら女王様と出会うことができたのだった。一緒に丘にのぼって見下ろすと、そこにはマスが小川で仕切られた大きなチェス盤の風景がひろがっていた。女王様になりたいと言うと、赤の女王様はアリスを白のポーンに任命し、二番目のマスからはじめて八番目のマスにたどりつけば女王様になれると告げる。そして、二人はその場所にとどまるために、全力で走らなければならなかった。そのあと赤の女王様は、アリスに八番目のマスにつくまでの道程を説明して立ち去るのだった。

アリスは小川を一つとびこえてから、白紙でできた服を着た紳士、ヤギ、カブトムシなどが乗っていて混んでいる汽車に乗って四番目のマスへと向かった。汽車がつぎの小川をとびこえて四番目のマスに着くと、どういうわけかアリスは木の下にすわっているのだった。ニワトリほどの大きさのブヨが頭上の枝にとまっていて、昆虫についての会話が始まる。ブヨは、アブ（horsefly）やトンボ（dragonfly）やチョウ（butterfly）について話してから、何にも名前がない森があるとアリスに教えるが、言葉のシャレのことでアリスにとがめられると、深いため息とともに消え去るのだった。

ブヨが話していた森に着くとアリスは、名前を失うことへの危惧を感じながらもその森の中へと歩きすすむ。そこで小鹿に出会い、なかよくいっしょに森のはずれまで歩いて行くが、森をぬけたとたん小鹿は自分が小鹿でアリスが人間の子供だとわかり、おどろいて走り去ってしまう。そこから一人で歩きつづけると、やがて分かれ道に出た。そのうちの片方の道に二つの標識が立っており、一つは「トウィードルダムの家へ」、もう一つは「トウィードルディーの家へ」と書いてあったのでその道を行くことにした。しばらく歩いて急な曲がり角を曲がると、突然そこに太った背の低い双子の兄弟が立っているのに出くわした。

一人はシャツの襟に「ダム」という刺繍《ししゅう》があり、もう一人は「ディー」の刺繍があった。おたがいの鏡像の格好をしていて鏡像の動作をするトウィードルダムとトウィードルディーは、おたがいを片手でハッグしながらアリスにそれぞれの自由な手を差しだしたので、アリスは両手をひろげて同時に二人と握手すると、木の枝がバイオリンのように鳴って奏でられる音楽にあわせて三人は、ぐるぐるとダンスし始めた。だが太っているトウィードルダムとトウィードルディーは、四周すると疲れてしまい突然ダンスをやめる。そしてアリスの意向を無視してトウィードルディーは、「セイウチと大工」という長い詩を暗唱し始めるのだった。

The sun was shining on the sea,
Shining with all his might:
He did his very best to make
The billows smooth and bright —

And this was odd, because it was
The middle of the night. ……

暗唱がおわると詩の内容について議論がおき、アリスは結局セイウチも大工もいやな人物だと結論するにいたる。そのとき、汽車のエンジンのような、野獣のほえ声のような音が近くの森から聞こえてきたので見に行くと、フサのついた長い赤色のナイトキャップ（就寝用の帽子）をかぶった赤の王様が、湿った草の上で大きなイビキをかきながら眠っていた。するとトウィードルディーが、王様はアリスの夢を見ており、その夢が終わったらアリスはどこにもいなくなるのだと主張し、トウィードルダムも、もし王様が目をさましたらアリスはロウソクのように消え去ってしまうのだと賛同する。自分は王様の夢のなかだけの登場人物ではないと主張するアリスの議論を、トウィードルダムとトウィードルディーは執拗に攻撃するのでアリスは泣いてしまうが、すぐに気を取り直して先に進もうとする。

トウィードルダムが突然おどろいて指差すのでその場所を見ると、そこにはガラガラが落ちていた。ガラガラへビ（rattlesnake）ではなく、ただのガラガラ（rattle）だとアリスに言われるが、トウィードルダムは冷静になるどころか、より興奮するのだった。そうしているあいだに傘のなかに自分をたたみ込んでしまったトウィードルディーにむかってトウィードルダムが「戦い（battle）をするのに文句はないよな」と言うと、トウィードルディーは同意して傘から這《は》いでてきた。二人は一緒に手をつないで森へ行き、枕や毛布やテーブルクロスなどで武装してもどって来た。暗くならないうちに戦って夕食にしようなどと相談しているところへ、突然おおきなカラスが飛んできたのでトウィードルダムとトウィードルディーはすたこら逃げ去ってしまい、アリスは一人で森の大きな木の下に隠れたのだった。

そこへ白の女王様が走ってきた。ショールを吹き飛ばされたうえセンスのない服装で髪も乱れていたので、アリスがショールをピンでとめて髪をすいてあげると、女王様は、週給二ペンスで一日おきにジャムが食べられるという待遇でアリスを召使に雇おうと提案するが、アリスはことわる。ときの流れに逆らって生きているという女王様は、未来のことを覚えているし、王様の使者の裁判は処罰からはじまって犯罪の遂行でおわるなどと言う。そして、まず最初に痛いと叫んだそのあとで、ショールをとめていたピンで指を刺すのだった。二人の会話は、不可能なことを信じるという話題にうつり、女王様は子供のころ毎日三十分不可能なことを信じる練習をし、朝食前に六つ不可能なことを信じたこともあったなどと主張する。そして風に取られたショールを追う女王様とともに小川を越えたかと思うとアリスは、羊が編み物をしながら店番をしているお店にいるのだった。

棚の商品をたしかめようと目を凝らすと、その商品はなくなり、まわりの商品が視野の端を埋めるような店だった。あれこれするうちに羊とアリスはボートに乗っていて、アリスがオールをこいでいた。イグサをつんでいるとオールが水にとられてアリスは転ぶが、つぎの瞬間ふたたびお店に戻っていた。そこでアリスは卵を一つ買い、その卵を手に取ろうとすると先へ先へと導かれて行って、しまいには木々のあいだをぬけて小川を渡ってしまっていた。

するとそこで卵は大きくなり、だんだん人間らしくなっていって、しまいには高くてせまい塀のうえにあぐらをかいているハンプティー・ダンプティーになったのだった。アリスの名前をたずねることからはじめてハンプティー・ダンプティーは、自分が使う言葉の意味は自分の思いどおりになると主張する。バースデープレゼントより非バースデープレゼントのほうがいいと議論したり、ナンセンス詩 Jabberwocky の言葉の意味を解説したりしたあとで、アリスの意向を無視して自分の創作詩を暗唱するが、アリスには理解できない内容だった。その詩は「そしてドアが閉まっていたので、ドアノブをまわそうとしたけれど――」で突然終わったかと思うと、ハンプティー・ダンプティーが「あばよ」と言い放ったので、アリスは満たされないまま歩き去らざるをえなかった。

森の中がいっぱいになるほど多数の兵士と、それにつづいて多数の軍馬が走ってきたので、アリスは木陰に身を潜めながら見ていると、みな互いにぶつかったり転んだりしている。それを尻目に森をぬけだすと、そこには白の王様が地面にすわってノートに何やら書きこんでいた。アリスを見るとよろこんで、「兵士の数は四千二百七人だが、町へ行った二人の使者のどちらかが見えるか」と聞いた。アリスが「道には誰も見えない（I see nobody on the road）」と言うと、その言葉を nobody という人が見えるという意味だと理解して、そんなものが見える目があったらいいと言うのでアリスはこんがらがってしまう（論理学者のキャロルは、現代論理学でいう指示子と量化子の区別を利用して、じっさいには存在量化子と否定辞の複合語だが表面上それがあきらかではない英語の単語

「nobody」を、指示子として王様に理解させることによってユーモラスな記述をしているのである)。そうこうしているうちに使者の一人がやってきて、気絶しそうだという王様に、首からかけた袋からハムサンドを渡すのだった。それをたいらげた王様がもっとくれと言うので、使者はハムサンドはもうないのでとワラを渡すと、「気絶しそうなときには、ワラを食するに匹敵するものはない(there's nothing like eating hay when you're faint)」と言って王様はそれもむしゃむしゃ食べるのだった。アリスは「それより、つめたい水を頭からかけるほうがいいでしょう、それとも気付け薬とか」と反論するが、「それよりいいものはない(there's nothing *better*)と言ったのではなくて、それと同じようなものはない(there's nothing *like* it)と言ったのだ」とやりこめられてしまう。

使者によると、町なかでライオンとユニコーンが王様の王冠の取りあいのケンカをしているというので、三人はそれを見に行くことにした。町に着くと、出獄したばかりの帽子屋がバターつきのパンとお茶をたしなみながらケンカを見物しており、「両方とも八十七回くらいダウンしている」と報告した。やがてライオンとユニコーンが疲れきってすわりこむと、王様が休憩を宣言する。しばらくして森からものすごいスピードで走っていく女王様が見えたので、アリスがそれを感嘆の目で見つめていると、ユニコーンが近づいてきて「子供は想像上のモンスターだと思っていた」と驚嘆する。「わたしもユニコーンは想像上のモンスターだと思ってた」と言うアリスに、「おたがいに出会ったのだから、おたがいの存在を信じよう」と言うと、アリスもそれに同意する。すると今度は、疲れはてたライオンがアリスを見て「何だこれは、動物か植物か鉱物か?」となるので、アリスが口をはさむ間もなくユニコーンが「お前にはわからないだろうが、想像上のモンスターだ」と言うのだった。

休憩のおやつにと使者の三月ウサギから大きなプラムケーキを渡されたアリスは、ケーキを切り分けようとするが、切るたびにもとに戻ってしまうので困っていると、ユニコーンに「鏡の国のケーキは分け与えたあとで切るものだ」と言われる。そこでケーキを皆にまわすと、自然にケーキが分け与えられるのだった。「さあこれから切り分けなさい」と言われて困惑するアリスだったが、そのときどこからかドラムをたたく音が聞こえてきた。あまりに音が大きくなるので怖くなったアリスは、耳をふさいで走り出し、小川をとびこえて向こう岸へと渡った。

しばらくするとドラムの音は消え、完全な静寂がおとずれる。ひとっ子一人いないことに気づいたアリスは、ライオンとユニコーンは夢だったかと疑うが、プラムケーキの皿が足元に落ちているのを見て夢ではなかったのだと信じる。ただ、すべてが夢のなかのことだとしたら赤の王様の夢ではなく自分の夢であってほしい、などという思いにふけっていると、深紅色の甲冑《かっちゅう》すがたの騎士が大きな棍棒をふりかざして「さあ！　さあ！　チェックなり！」と大声でさけびながら馬で走ってきた。アリスのすぐ前まで来て馬が急に止ると、「おまえは人質だ！」と言いながら騎士は転がり落ちてしまう。アリスが心配そうに見守っていると、騎士は馬上の鞍《くら》にもどって「おまえは……」とちゃんと言い直そうとするが、そのとき「さあ！　さあ！　チェックなり！」という別の声がする。白の騎士だった。アリスのわきにつくと、赤の騎士とおなじように馬から転がり落ちてしまう。そして、アリスを人質にしたとする赤の騎士と、アリスを救助したとする白の騎士は騎馬戦をすることになる。打たれれば落馬し、打ちそこねれば落馬し、落馬するときは頭から落馬する、というのがルールらしいこの騎馬戦はしばらく続くが、やがて双方が同時に落馬し、立ち上がって握手したかと思うと、赤の騎士が馬にまたがり走り去って行ったのだった。

つぎの小川を越えれば女王様になれるアリスをそこまで護衛して行くと言う白の騎士は、もしミツバチが巣を作ればハチミツがとれるからという理由で、空の巣箱を所持していた。そのほかにも、もしネズミが来たらいやだからとネズミ捕りを持っていたり、サメにかまれないようにと馬に足首輪をつけたりしていたが、それらの一つ一つについてたいそう自慢げに話すのだった。そういう白の騎士といっしょに歩いて行くアリスだったが、馬が止れば前に落ち、歩き始めれば後ろに落ち、歩いている最中には横に落ちる騎士を見て、すこしあいだをおいて歩くことにした。あまり乗馬がへたなので、「車輪つきの木馬に乗れば」とアリスは忠告するほどだった。頭から落馬するたびに発明をすると主張する白の騎士が、吸い取り紙と火薬とシールワックスから作るプディングを発明したという話をするので、アリスが当惑した表情をすると、それを悲しみの表現と誤解した騎士は、なぐさめようと歌を歌い始めた。そしてそれは鏡の国でのできごとの中でも、アリスが後々まではっきり覚えている感動的なできごととなるのだった。

I'll tell thee everything I can:
There's little to relate.

I saw an aged aged man,
　A-sitting on a gate.
　…
And muttered mumblingly and low,
As if his mouth were full of dough,
Who snorted like a buffalo —
That summer evening long ago,
　A-sitting on a gate.　……

この長い歌とその名前について、何が何の名前で何が何と呼ばれているかということにかかわる、こみいった意味論的やり取りがアリスをこんがらがらせたが、それが一段落つくと、護衛の役目を果たした白の騎士と別れてアリスは丘をかけおりる。「とうとう八つ目のマスだ！」と歓喜の声をあげながら最後の小川を越え、着いた岸のやわらかい芝生に寝ころがると、頭には黄金の王冠がのっていたのだった。

女王様らしくふるまおうとしていると、突然両脇に赤の女王様と白の女王様が座っているのに気がつく。しばらく二人の女王様とたわいもない会話を交わすが、やがて二人はアリスによりかかって眠りにおちる。その二人のいびきがしだいに歌のように聞こえてきたかと思う間もなく、二人の女王様

は消え去ってしまう。つぎの瞬間アリスは「アリス女王様」と書かれたアーチのあるドアの前にいるのである。黄色の服を着て巨大な靴をはいたカエルの助けでドアをあけて中へ入ると、五十人ほどの客がテーブルについていた。客は様々な動物や植物で、奥座には赤と白の女王様がすでにすわっていた。

アリスが二人の女王様のあいだの席にすわると、赤の女王様が、スープと魚のコースはもうすんだと言って、マトンのモモ肉をアリスに紹介した：「アリス——マトン、マトン——アリス」。するとマトンは皿のうえで立ち上がってお辞儀をするので、アリスもお辞儀をかえした。そしてナイフとフォークを手に二人の女王様にむかって「一切れあげましょうか」と言うと、赤の女王様に「とんでもない、紹介された人を切るのは礼儀に反します」とたしなめられる（英語で「切る」は「cut」だが、ヴィクトリア朝時代には「知らんふりをする」という意味もあり、「紹介された人に知らんふりをするのは礼儀に反する」という意味をかけた言葉あそびである）。

マトンは運び去られ、大きなプラム・プディングがでてくるが、そのプディングには紹介しないでくれと言うアリスには耳をかさず赤の女王様が「プディング——アリス、アリス——プディング。プディングをさげなさい！」と言うと、アリスがお辞儀をかえす間もなくプディングがさげられてしまう。自分も女王様なので命令できるだろうと「プディングをもどしなさい！」と命令すると案の定もどってきたので、アリスはそのひと切れを切って赤の女王様に渡した。ところが「なんと失敬な！おまえも切ってやろうか！」と太くて脂ぎった声でプディングが言い返したので、おどろいたアリスは言葉につまってしまう。赤の女王様に何か言えといわれて、ようやく「今日聞いた詩はぜんぶ魚についてだった」と言うと、白の女王様が魚についてのなぞなぞを詩の形でだした。

'First, the fish must be caught.'
That is easy: a baby, I think, could have caught it.
'Next, the fish must be bought.'
That is easy: a penny, I think, would have bought it.
…

「なぞなぞの答えを考えているあいだにアリス女王様の健康のために乾杯！」という赤の女王様の音頭でみながいっせいに乾杯したあとで、アリスがスピーチをしようとすると、ロウソクが天井にまでのび、ビンが皿を翼にフォークを足にして鳥のように飛びまわり、スープのひしゃくがテーブルを歩いてくるので、耐えられなくなったアリスはテーブルクロスを両手でつかみ一気に引きはらった。食器も客もぜんぶ床に落ちたが、テーブルの上には、なぜか小さな人形のサイズまで縮んだ赤の女王様が自分自身のショールを追いかけてぐるぐるまわりをしていた。いままでに起こったやっかいなことはすべて赤の女王様のせいだと思っていたアリスは、女王様をつかみあげると激しくゆさぶるのだった。

するとこ女王様はじょじょに変身して、さいごには黒猫になった。「赤の女王様、そんなに喉をゴロゴロ鳴らさないで」、目をこすりながらアリスは言った、「とっても素敵な夢から目がさめちゃったじゃない！　キティーちゃん、鏡の国ではずっとわたしのそばにいたのね。知ってた？」何を言ってもゴロゴロとしか返事しないのが猫の悪い癖で、こういうときは「はい」とか「いいえ」とか言ってほしいとアリスは思った。キティーが赤の女王様だったのなら、スノードロップは白の女王様で、ダイナはハンプティー・ダンプティーだったのだとアリスは結論した。「鏡の国でのできごとはだれの夢だったのかしら、わたしの、それとも赤の王様の？」とアリスはキティーに聞くのだった。

（『鏡の国のアリス』は、川遊びでリドル三姉妹に即興でおとぎ話をしたことを回顧するキャロルの心情をあらわす次の詩で終わっている。）

A boat, beneath a sunny sky
Lingering onward dreamily
In an evening of July—

Children three that nestle near,
Eager eye and willing ear,
Pleased a simple tale to hear—

Long has paled that sunny sky:
Echoes fade and memories die:
Autumn frosts have slain July.

Still she haunts me, phantomwise,
Alice moving under skies
Never seen by waking eyes.

Children yet, the tale to hear,
Eager eye and willing ear,
Lovingly shall nestle near.

In a Wonderland they lie,
Dreaming as the days go by,
Dreaming as the summers die:

Ever drifting down the stream—

Lingering in the golden gleam—
Life, what is it but a dream?

（各行の最初の文字を縦に並べると、アリスのフルネーム「Alice Pleasance Liddell」になる。）

ひとつの舟が青空の下
夢み心地にゆっくり進む
七月のおそい昼下がり——
こどもが三人寄り添って、
耳を澄まして目を見張り、
楽しいお話聴いている——
あの青空の色は褪《あ》せ‥
こだまは消えて記憶去り‥
七月遥か晩秋の霜。

まだそこにいる、幻の、
青空の下ただようアリス
夢物語で見えるだけ。

これからお話聴くこどもたち、
耳を澄まして目を見張り、
そっとやさしく寄り添うだろう。

不思議の国に身をまかせ、
覚めることなく夢をみる、
夏がすぎても夢み続ける‥

川面をはてなく下りつつ――
まばゆい光に包まれて――
人生、それは夢物語？

第1章

ジャムは今日じゃない

「あなたなら、よろこんで雇いますよ」、白の女王様は言った、「週給二ペンスで、一日おきにジャムをさずけましょう」。

アリスは思わず笑ってしまった。「わたしを雇ってくれなくてもいいの――それに、ジャムは好きじゃないし」。

「高級なジャムですよ」と女王様は言った。

「うーん、とにかく今日はほしくない」

「ほしかったとしても、あげられないのですよ」、女王様は言った、「ジャムは明日、ジャムは昨日、というのが規則ですから――ジャムは決して今日ではないのですよ」。

「いつか『ジャムは今日』になるはずだわ」とアリスは抗議した。

「そうではないのです」、女王様は言った、「ジャムは一日おき――今日は一日おいた日ではないでしょ」。

「何それ、理解できない」、アリスは言った、「どういうことか、さっぱりわからない！」。


『鏡の国のアリス』第5章「毛糸と水」196ページ

第1節　今日、わたし、ここ

今日は、ある特定の年のある特定の月のある特定の週の水曜日だとしよう。昨日は火曜日で、明日は木曜日である。水曜日は火曜日ではないし、木曜日でもない。また、火曜日は水曜日だったわけではないし、木曜日は水曜日になることもない。この意味で、今日は昨日ではないし、明日でもない。また、昨日は今日だったわけではないし、明日は今日になることもない。にもかかわらず、

（1）昨日は、一日前には今日だった。

とか

（2）明日は、一日後には今日になる。

という文が真のように聞こえなくもない。これは、どういうことなのか。時間に関する何か深遠な真理が顔をのぞかせているのだろうか。いや、そうではない。深遠な真理云々などということではなく、単に言葉の二つの使い方の混乱が起きているにすぎないのである。

まず（1）を見よう。「一日前」はあきらかに「今日より一日前」ということだ。つまり、もし（1）が真だとしたら、

（3）昨日は、今日より一日前は今日だった。

も真なはずである。だが、もちろん（3）は真ではない。「今日より一日前」が今日なはずがない。また、ここでの「今日だった」という言い回しもおかしい。今日は現在の日なので、「今日だ」という現在時制が要求されるのであって、「今日だった」という過去時制はおかしいのである（「デートは明日だと思っていたが、よく考えると今日だった」の「だった」は、（1）の「だった」とは用法がちがう）。（2）についても同様で、もし（2）が真だとしたら、

（4）明日は、今日より一日後には今日になる。

も真なはずだが、（4）は真ではないし、ここでの「今日になる」という未来時制はおかしい（「お買い上げ金額は、七万円になります」の「なります」は（4）の「なる」とは用法がちがう）。

しかし（1）と（2）が偽ならば、なぜ真であるかのような印象をわたしたちは受けるのだろうか。答えは簡単である。わたしたちは、（1）と（2）を次の（5）と（6）と混同しがちだからである。

（5）昨日は、一日前には「今日」と呼べた。
（6）明日は、一日後には「今日」と呼べることになる。

一日前に「今日」と呼べたからといって、一日前に今日だったわけではない。今日は水曜日であって、一日前すなわち火曜日に、昨日すなわち火曜日が今日すなわち水曜日だった、などということはありえない。（6）についても同じように、一日後に「今日」と呼べるだろうからといって、一日後に今日になるわけではない。水曜日の今日から一日後、すなわち木曜日に、明日すなわち木曜日が今日すなわち水曜日になるだろう、などということはありえない。あなたが自分を「わたし」と呼べるからといって、あなたがわたしだということにはならないのと似ている。わたしのみがわたしであって、自分を「わたし」と呼べる人がみなわたしなのでは、さらさらない。

言葉を使うことと、言葉を使うことに言及することは別のことなのである。この区別を忘れると、あきらかにナンセンスなこと、あるいは一見すると深遠だがじつはナンセンスなことを言う羽目に陥ることが多い。「そんな所にいないで、ここに来てください」と要請されたひとが「わたしは、すでにここにいます」と言って移動するのを拒んだとすると、そのひとは、その要請を「そんな所にいないで、『ここ』と呼べる所に来てください」と解釈したうえで、自分がいる所は「ここ」と呼べるので、自分はすでに「ここ」と呼べる所にいると判断し、さらにその判断を、自分はここにいる、という括弧なしの判断におきかえたうえで、それが要請者が要請していることにほかならないと結論している、と分析できる。これは誤解というよりもむしろ、せいぜい笑い話にしかならない曲解だということは誰の耳にもあきらかだろう。だが、同じ種類の混乱をもっとうまくカムフラージュすることによって、深遠な哲学的真理を述べているふりをすることができる。
白の女王様とアリスのやりとりは「今日」についてだが、それを「現実世界」におきかえれば、次のような主張ができるかもしれない‥

常識では、山上憶良は現実の人物だがシャーロック・ホームズは現実の人物ではないということになっている。だが、それはまちがっている。山上憶良にとって自分が生きている世界は現実世界だというのとまったく同じように、シャーロック・ホームズにとっても彼自身が生きている世界は現実世界である。ゆえに、シャーロック・ホームズも、山上憶良と同様に現実世界に生きる現実の人物なのである。常識で架空と思われている人物やものやできごとは、本当はすべて現実なのである。現実と非現実の区別はナンセンスなのである。

これは、ナンセンスな立場からまっとうな主張を見ればナンセンスに見えるということのいい例である。たしかに、山上憶良に「あなたは現実人物ですか」と聞けば「はい、そうです」と答えるだろうし、シャーロック・ホームズに「あなたは現実人物ですか」と（英語で）聞けば「はい、そうです」と（英語で）答えるだろう。シャーロック・ホームズにとって「現実世界」という言葉は自分が生きている世界をさし、「現実」という言葉はその世界にいる人物やその世界で起きるできごとなどをさすだろう。だが、だからといって、ホームズが生きる世界が現実世界であるとか、ホームズが現実の人物であるということにはならない。ホームズが生きる世界はコナン・ドイルが描写する物語の世界にほかならず、コナン・ドイルが描写する物語の世界はフィクションである。よって、ホームズが生きる世界はフィクションの世界、すなわち現実ではない世界なのである。

さてここで、「その世界は、わたしたちにとっては現実ではないが、シャーロック・ホームズにとっては現実なのではないのか」という反論があるにちがいない。この反論こそ、言葉を使うことと、言葉を使うことに言及することとの区別を無視した結果生まれる誤りのいい例にほかならない。その世界は、シャーロック・ホームズにとって「現実世界」という言葉でさすことができる世界ではあるが、現実世界ではない。ホームズにとってホームズは「現実の人物」という言葉で言い表せるが、ホームズは現実人物ではない。現実人物でない人物にとって「現実」という言葉で言い表せるからといって現実人物だということにはならない。イギリスの首都ロンドンはホームズにとって「現実」という言葉で言い表せるし、かつ現実でもあるが、彼の相棒のジョン・H・ワトソンはホームズにとって「現実」という言葉で言い表せるが、現実ではない。これに混乱する読者は、次の例とくらべて考えるといいだろう。

この本を読んでいるあなたはここにいるだろうか。いや、たぶんいないだろう(わたしはロサンゼルスでこれを書いている)。あなたがいる場所は、東京だろうが、京都だろうが、新島々《しんしましま》だろうが、あなたにとって「ここ」という言葉でさすことができる場所であることにまちがいはないにもかかわらず、あなたはここにはいないのである。わたしはここにいるが、あなたはここにいない。あなたはそこにいるのであって、そこにわたしはいない。「ここ」という言葉は、使用によってさす場所が変わる言葉であって、あなたが使えばあなたの居場所をさし、わたしが使えばわたしの居場所をさす。「わたし」という言葉が使用者によってさす人物をかえる、という事実を思いだそう。同じように、「現実世界」という言葉も使用によってさす世界が変わる言葉であって、あなたやわたしが使えば（あなたやわたしがいる）この（現実）世界をさし、シャーロック・ホームズやジョン・H・ワトソンが使えば、コナン・ドイルが描写したフィクションの世界をさす。本書は、ホームズやワトソンやあなたが書いているのではなく、ほかならぬわたしが、この世界のロサンゼルスで書いているので、ホームズやワトソンは現実ではなく、あなたはここにいない、と断言できるのである。

不思議の国のチャレンジ　その1

あなたが新島々にいると仮定したうえで、ロサンゼルスでわたしが「あなたはここにいる」と言えるような「ここ」という言葉の使用法があるだろうか。あれば、例をあげよ。なければ、なぜないか説明せよ。

第２章

言葉づかいが荒い卵

（狭い塀の上にすわっている、大きな卵の形をしたハンプティー・ダンプティーとアリスの会話）

「わたしの名前はアリスだけど――」

「まったく馬鹿げた名前だな！」、ハンプティー・ダンプティーはじれったそうにさえぎった、「なんて意味なんだ？」。

「名前は意味がなくちゃいけないの？」、アリスは疑わしそうに聞いた。

「当たり前だろ」、ちょっと笑ってハンプティー・ダンプティーは言った、「おれの名前は、おれの形を意味しているんだ――かっこいい形だろ。おまえのみたいな名前じゃ、どんな形か、さっぱりわかりゃしない」。

言い争いを避けるために、「どうしてここに一人ですわっているの？」とアリスは聞いた。

「どうしてって、誰もおれと一緒にすわっていないからに決まっているだろ！」とハンプティー・ダンプティーは大声で言った。「そんな質問の答えを知らないとでも思ったのか？別の質問をしろ」。

「地面に下りたほうが安全だとは思わないの？」とアリスは、もう一つなぞなぞを出したいからではなく、このへんてこりんな生き物のことを本当に心配して言った。「その塀、とー

っても狭いじゃない！」。

「なんて途方もなくやさしいなぞなぞを出すんだ、おまえは！」、ハンプティー・ダンプティーはうなった。「そうは思わないに決まっているだろ！　あのな、もしおれが落ちたとしたら――そんなことあるわけないが――もし仮に落ちたとしたらだ――」ここで唇をとがらせて、いかめしく仰々しくしたので、アリスは笑いをこらえきれなかった。「もし落ちたとしたら」、ハンプティー・ダンプティーは続けた、「王様が約束してくれたんだ――へへっ、よかったらここで青ざめてもいいんだぜ！　そんなこと言うとは思わなかったろう？　王様自身が約束してくれたのさ――」。

「馬を全部、家来も全部出動させるって」とアリスは愚かにも口をはさんでしまった。……

「……おまえ何歳って言ったっけ？」

アリスはちょっと数えて言った、「七歳六ヵ月」。

「残念でした！」、勝ち誇ったようにハンプティー・ダンプティーは叫んだ。

「おまえは自分の年のこと、一言も口にしちゃいないよ！」

「『おまえは何歳？』って聞かれたと思ったの」とアリスは説明した。

「そう言いたかったら、そう言っていたさ」、とハンプティー・ダンプティーは言った。

……

「ネクタイだよ、おまえが言うとおり、きれいなネクタイ。白の王様と女王様からのプレゼントさ。わかったか！」

「ほんとう？」と、やっぱり自分はいい話題を選んだのだとわかってうれしくなったアリスは言った。

「くれたんだよ、おれに」、膝をもう片方の膝のうえに組んで、それを両手で抱えながらハンプティー・ダンプティーは言った、「くれたんだよ——非バースデープレゼントに」。

「えっ、ごめんなさい何？」とアリスは戸惑って言った。

「あやまるには、およばない」とハンプティー・ダンプティーは言った。

「そうじゃなくて、非バースデープレゼントって何？」

「バースデーじゃないときにくれるプレゼントに決まっているじゃないか」

アリスはちょっと考えてから、ようやく「バースデープレゼントのほうがいい」と言った。

「わかっちゃいないな！」とハンプティー・ダンプティーは大声をだした。「一年は何日だ？」。

「三百六十五日」とアリスは言った。

「で、バースデーは？」

「一日」

「三百六十五から一を引けば、残りは？」

「三百六十四に決まっているじゃない」……

「……ということは、非バースデープレゼントがもらえるかもしれない日は三百六十四日あるということになるな——」

「そうね」とアリスは言った。

「そしてバースデープレゼントは一日だけだろ。おまえには光栄なことだ！」

「『光栄』ってどういう意味かわからない」とアリス。

ハンプティー・ダンプティーは、あざ笑いながら言った、「わからないに決まってるさ——おれが教えてやるまではな。『おまえには素敵な圧倒的議論がある！』っていう意味さ」。

「でも、『光栄』は『素敵な圧倒的議論』っていう意味じゃないわ」とアリスは反論した。

「おれ様が使えば」、かなりさげすんだ口調でハンプティー・ダンプティーは言った、「おれが選んだ意味になるのさ——それ以上でも以下でもなく」。

「問題は」、アリスは言った、「言葉にそんなにいくつも、ちがったことを意味させることができるかどうかってことでしょ」。

「問題は」、ハンプティー・ダンプティーは言った、「どっちが主人なのかっていうことだ——それだけさ」。

アリスは何が何だかわからなくて何も言えなくなったので、しばらくしてハンプティー・ダンプティーがまた口を開いた。「言葉のなかにはカンシャク持ちのがいるからな——動詞なんか特にお高くとまってる——形容詞はどうにでもなるけれど、動詞はちょっとな——でも、おれ様ならみんな一括《ひとくく》りにしてうまいことやれるのさ！　貫通不可能性！　ってわけだ！」。

「おねがいだから」とアリス、「それが何の意味なのか教えてくださいませんか？」。

「やっと礼儀正しい子供らしくしゃべれるようになったな」とハンプティー・ダンプティーは、たいそう満足そうに言った。「『貫通不可能性』というのは、この話題については話が尽きたし、一生ここに留まっているつもりはないだろうから、次に何をしたいか言ってみろ、という意味だよ」。

「一つの言葉の意味としては、たいそうな意味ね」、思慮深い口調でアリスは言った。

「こんなふうに言葉に重労働させるときは」、ハンプティー・ダンプティーは言った、「いつも超過勤務手当をだすことにしてる」。

「へー!」戸惑ったアリスは、それ以外もう何も言えなかった。

「あのな、土曜日の夜にみんなやって来るんだよ」と、まじめな顔をして首を左右にふりながらハンプティー・ダンプティーは言った、「給料をもらいにね」。

(アリスは給料に何を払っていたのかを聞く勇気がなかったので、筆者のわたしにもわからない。)

『鏡の国のアリス』第6章
「ハンプティー・ダンプティー」208―214ページ

第1節　名前の意味

名前に意味があると言うハンプティー・ダンプティーは、自分の名前は自分の形状——すなわち卵形——を意味していると主張する。「ハンプティー・ダンプティー」という名前が卵形を意味する、とはどういうことなのだろうか。

「ハンプティー・ダンプティーの形状」という日本語の名詞句は、「the shape of Humpty Dumpty」という英語の名詞句と同じく、ハンプティー・ダンプティーの形状という意味を持ち、その意味を介して卵形をさす。つまり、ハンプティー・ダンプティーの形状が卵形なので卵形をさすのである。もしハンプティー・ダンプティーの形状が三角形だったら、意味はかわらない——すなわち、ハンプティー・ダンプティーの形状という意味はそのままである——が、さす形は卵形ではなく三角形だっただろう。だが「ハンプティー・ダンプティー」という日本語の名前は、「Humpty Dumpty」という英語の名前と同じく、ハンプティー・ダンプティーを直接さすのであって、何か意味を介して間接的にハンプティー・ダンプティーをさすのではない。つまり、「ハンプティー・ダンプティー」という名前は何らかの意味を持ち、その意味が当てはまる唯一のものがハンプティー・ダンプティーなので「ハンプティー・ダンプティー」の指示対象（「ハンプティー・ダンプティー」がさしている対象）はハンプティー・ダンプティーだ、というわけではないのだ。

個人の名前がふつうどのようにして指示対象を獲得するかをみれば、これはあきらかである。あなたもわたしも、たぶん生まれてまもなく名づけられたのだろう。それが典型的な命名の仕方だからだ。生まれたばかりの赤ん坊に名前をつけるのに、名付け親はどういう手順を踏まなければならないのだろうか。決められた書式を決められたように使って決められた官庁に届ける、というような法律的な手順のことを問題にしているのではない。そのような法律的な手順にいく前に名前を決めておく必要がある。その決め方のことを問題にしているのである。当の赤ん坊について、どんなことを確認したうえで特定の名前を選ぶのだろうか。

たとえば、赤ん坊がやさしい性格だということを確認したうえで、やさしさをあらわす名前——たとえば「優子」——を選ぶのだろうか。「優子」という名前はやさしい子という意味なので、その意味に適合する赤ん坊の名前になりうるのだろうか。その意味に適合するとは確認できない赤ん坊には、つけてはいけない名前なのだろうか。もちろん、そんなことはない。やさしさを確認しようがしまいが、名付け親は赤ん坊を「優子」と名づけることができる。名づけの理由は何でもかまわない。やさしいかどうかは目下のところわからないが、やさしい人に育ってほしいという願望がその理由でもいい。「優子」という漢字の形と「ゆーこ」という音が気に入っている、というだけの理由でもいい。自分が尊敬する人物の名前が「優子」だから、という理由でもいい。どんな理由でも、かまわないのである。まちがった理由でさえ、かまわない。実際はやさしくなどない赤ん坊をやさしいと勘違いして、その勘違いを理由に「優子」と名づけたとしても、それはそれだけで命名が失敗したことにはならない。

三角形の物体に「四角い」という言葉は当てはまらないが、臆病な人物が「勇」という名前だということは十分ありうる。三角形のものが「四角い」という形容詞の意味に合致しないのでその形容詞が当てはまらないのに対して、臆病なひとは「勇ましい」という形容詞の意味には合致しないが、その事実は「勇」という名前がそのひとに当てはまるかどうかということとは無関係である。「勇」が臆病なひとの名前だったら、それはある種の悲喜劇と言えるかもしれないが、意味論的に不可能でも不都合でもない。

「ハンプティー・ダンプティー」という語も、それが特定の個体の固有名であるかぎり、指示対象を決定する独立の意味はない。「はんぷてぃーだんぷてぃー」という音を聞いて卵形を思い浮かべるひとはいるかもしれないが、だからといって、「ハンプティー・ダンプティー」という名前が卵形という意味だということにはならない。「はんぷてぃーだんぷてぃー」という音を聞いて三角形を思い浮かべるひともいるだろう。八角形を思い浮かべるひともいるだろう。さらに、いかなる形状も思い浮かべないひともいるだろうし、形以外のもの、たとえば赤や黄色といった特定の色、またはなめらかさやざらざらさといった特定の触感を思い浮かべるひともいるかもしれない。そのような思い浮かべ——心理的な連想——は「ハンプティー・ダンプティー」という名前の意味には何の関係もない。「ゆーこ」という音からフラダンスを連想するひとがいるからといって、または「いさむ」という音から源氏物語を連想するひとがいるからといって、「優子」という名前の意味はフラダンスだとか

「勇」という名前の意味は源氏物語だということにはならないのと同じだ。

しかし、「ゆーこ」という音からフラダンスを連想するひとにとっては「優子」という名前の意味はフラダンスだ、と言えるのではないだろうか。「いさむ」という音から源氏物語を連想するひとにとっては「勇」という名前の意味は源氏物語だ、と言えるのではないだろうか。

いや、言えない。言葉の意味はその言葉の指示（その言葉は何をさすか）を決定するが、単なる心理的連想は、その連想の持ち主にとってさえ指示を決定しないからである。たとえ「ゆーこ」という音からフラダンスを連想したとしても、ある女性がフラダンスとは無関係だからという理由で、その女性の名前は「優子」ではありえないなどと主張するのはおかしい。さらに、たとえ名付け親が「ゆーこ」という音からフラダンスを連想するひとだったとしても、その名付け親はフラダンスをしない子供に「優子」という名前をつけることはできない、ということにはならない。

固有名詞をつけるという行為に意味論的な制約はほとんどない。複数ではなく単数（ひとつのもの）であるという条件さえ満たせば、いかなるものにもどんな名前をつけることもできる。お気に入りのペンを「太郎」と名づけることもできるし、自家用車を「花子」と名づけることもできる。人間個人のように社会的に重要なものの命名は、それなりの法律によって規定された手順を規定されたやりかたでおこなう必要があるが、それらの規定は語の意味に関する規定ではない。たとえば、子供を「悪魔」と名づけることはできないという法律または法廷の裁きがあったとすると、それは子供は悪魔ではない（悪魔が持っているとされる性質を持ってはいない）からではなくて、「悪魔」という名前の社会的に強くネガティブな連想ゆえなのである。冥王星を「惑星」と呼ぶことは許されるべきか否か、という問題とは意味論的にちがう。名づける、または名前でさすということと、述語を適用する（述定する）ということは本質的にことなる言語行為なのである。

「ハンプティー・ダンプティー」という名前は、たかだか卵形を連想させるだけであり、卵形を意味するわけではない。人間の子供に「ハンプティー・ダンプティー」という名前をつけるのは可能であり、その子供は卵形をしている必要はない（可能だからといって、そうするのが賢明だということにはもちろんならない）。「ハンプティー・ダンプティー」という名前は、お気に入りのペンにもつけられるし、自家用車につけてもいい（が、両方につけるのは混乱をまねくので控えるべきだろう）。

第2節　自分勝手な意味

言葉の意味はいかにして決まるのか。「言葉の意味は、言葉を使う人によってさまざまだ」という意見を持つ人は多いだろう。その意見には一理あるが、まちがいの要素のほうが大きい。「言葉の意味は、使用者によって決定される」、あるいはもっと強く言えば「言葉は、その言葉を使う人が意図する意味を持つ」、という立場を代表するのがハンプティー・ダンプティーである。彼は言葉の「主人」として、自分が行き当たりばったりに思いついた意味を次々と言葉に課する。その結果アリスとのコミュニケーションが破綻してしまう。章の冒頭に引用した部分は、言葉の意味が使用者次第だったら社会的なコミュニケーションの道具としては役に立たない、ということをあらわしている一節である。いくつかの言葉に押しつけた独りよがりの意味をアリスに説明するためにハンプティー・ダンプティーが使う言葉は、独りよがりの意味ではなく、言語社会全体に行き渡っている標準的な意味で使われているということに気づけば、ハンプティー・ダンプティーがいかに了見のせまい、自分自身の言語行為を客観的に見ようとしない「井の中の蛙」的な言語使用者かということがわかる。

英語にくらべて日本語では、話し言葉と書き言葉のあいだの距離が大きい。それは漢字の存在と(社会言語学的な諸々の事実および)英語にくらべて日本語の音節の数がとても少ないという事実による。そのため日本語の話し言葉では、引用された一節におけるハンプティー・ダンプティーのように途方もない意味を勝手に言葉に押しつけなくても、意図する意味がわかりにくいことがしばしばある。もしハンプティー・ダンプティーが次のような日本語を発話して、その意味をアリスに当てさせようとしたらどうだろう‥

さいきんのかんせんのもんだいは、そのしゅよういんがとうめいではないが、かいけつにはめいしんにとらわれず、まずたいきからはじめるのがいい。

そして、アリスがこれを次のように解釈するとしたらどうだろう：

細菌の感染の問題は、その主要因が透明ではないが、解決には迷信に捕らわれず、まず大気から始めるのがいい。

そうしたら、きっとハンプティー・ダンプティーはあざ笑って、「本当の」意味はこうだと宣言することだろう：

最近の幹線の問題は、その主要因が東名ではないが、解決には名神に捕らわれず、まず待機から始めるのがいい。

こういうふうに漢字を駆使すれば、日本語の本来の意味とはかけ離れた自分勝手な意味を押しつけることなく、発話された言葉の意味が話し手の意図によって決まるような適切な例をあげることができるのである。ここで「本当の」意味を説明するのに使われる日本語は、漢字の言葉もふくめて、すべてが標準的な日本語の意味で使われるということが暗黙のうちに了解されていなければならない。もしそうでなく標準的な日本語の意味とはまったく別の意味で使われている語句があるとすれば、その語句の意味を、標準的な日本語の意味で使われるさらなる言葉で説明する必要がある。自分勝手な意味で使う語句の意味を説明するために使う語句は、それ自体、究極的に、自分勝手ではない標準的な日本語の意味で使う言葉によって説明しなければ、聞き手に理解されることはむずかしい。

では、聞き手が自分自身だったらどうか。つまり、話し手と聞き手が同じ人物だったらどうか。自分の好きな言葉を自分勝手な意味で自由奔放に使うことができ、かつ誤解もされないのではないか。話し手が適当にえらんで自分勝手な意味をつけて使っている言葉でも、その話し手が自分自身だったら、自分自身が発話するその言葉の意味を聞き手として理解することは容易なのではないのか。

たしかに、記憶力が極端に悪いのでなければ、発話の時点で自分が意図した意味を受け取りの時点で忘れるということはまずない（発話の時点と受け取りの時点が大きく離れていて――たとえば一年の隔たりがあって――通常の記憶力の範囲以内におさまらない可能性があるような場合を除いて）。だが、そのときに意図した意味は何かと自問したとすれば、何と自答するだろうか。たとえば、あなたが、「雨風の峰遠からぬ庭のぬし」という言葉を「何事にも案内人は欲しい」という意味をもつ言葉と意図しつつ自分自身にむけて声に出して発話したとする。その場合、正常な聴覚力と記憶力があるあなたは、聞き手として、その発話の意味を正しく――すなわち話者である自分が意図した通りに――理解できるにちがいない。発話と受け取りの時間差がほとんどないので、これを疑うことはむずかしい。

しかし、あなたがそこで自分が規定したその言葉の意味をたしかめるために、「たったいまわたしは、『雨風の峰遠からぬ庭のぬし』という言葉で何を意味したのだろう」と自分自身に問いかけたとする。その答えはあきらかに、「何事にも案内人は欲しい、ということを意味したのだ」である。だが、もしあなたが自分の問いにそう答えたならば、その答えのなかで「何事にも案内人は欲しい」という日本語を、日本語におけるふつうの意味で使っているのでなければならない。つまり、「雨風の峰遠からぬ庭のぬし」に勝手に押しつけた意味を自分自身に言い聞かせるのに、日本語のふつうの意味にたよっているということになるのである。

　もちろん、かならずしも日本語のふつうの意味にたよらなくてもいい。英語がわかれば、英語のふつうの意味にたよって「I meant that it was always desirable to have a guide」と自答すればいいし、フランス語を使いたければフランス語で自答すればいい。だが、いずれにせよ、前もって理解されている何らかの言語にたよる必要がある。そうしなければ、勝手に決めた「雨風の峰遠からぬ庭のぬし」の意味を、そもそも自分自身に提示することさえできない。この意味で、言葉を自分の都合のいいように好き勝手に使いこなしていると自負するハンプティー・ダンプティーは、大きな山に囲まれた谷のなかの小さな突起に立ってお山の大将ぶっている子供のようなものだ。

第3章

名前の名前と呼び方

（乗馬が極度に下手だが、名前には敏感な白の騎士とアリスの会話）

「悲しいのだな」、騎士は心配そうに言った、「歌を歌ってなぐさめてあげよう」。

「とても長いの？」と、その日はもう詩をたくさん聞いていたアリスはたずねた。

「長い」、騎士は言った、「だが、とても、とーっても美しい。拙者がそれを歌うのを聞けば誰もが――目に涙を浮かべるか、または――」。

「または、なに？」と、騎士が急に言葉をとぎらせたのでアリスは聞いた。

「浮かべないのだよ。歌の名前は『コダラの両目』と呼ばれておる」

「ああ、それがその歌の名前なのね？」とアリスは、興味を持とうとして言った。

「いや、わかっておらんな」、騎士はすこしイライラしたようだった。「その名前は、そう呼ばれているということだ。その名前は、じつは『年とった年とった男』なのだ」。

「ということは、『その歌は、そう呼ばれている』って言ったほうがよかったのね」とアリスは自分を訂正した。

「いや、よくはない――それはまったく別のことだ！　歌は『方法と手段』と呼ばれているのだが、それはそう呼ばれているだけなのだよ！」

「ふーん、それなら、歌そのものはなに？」と、この時点で完全に五里霧中のアリスは言った。

「いま言おうとしていたのだが、歌は本当は『ゲートの上にすわっている』なのじゃ――旋律は拙者の発明でな」

［『鏡の国のアリス』第8章「わたしの自身の発明」243ページ］

第1節　もの、名前、呼び方

名前とそれが名指すもの（指示対象）、さらにそのものが何と呼ばれているか、をきちんと区別しないとこういう混乱が生じるのだ。白の騎士がアリスに歌ってあげようとしている歌は「ゲートの上にすわっている」という歌であり、「年とった年とった男」がその歌の名前である。にもかかわらず、その歌は「方法と手段」と呼ばれている。「方法と手段」はその歌の名前ではないが、その歌はそう呼ばれているのである。また、その歌の名前――すなわち「年とった年とった男」――は「コダラの両目」と呼ばれているが、そう呼ばれているにすぎないのであって、かならずしも「コダラの両目」という名前を持つというわけではない。

名前ではない別の言葉で呼ばれるものはいくらでもある。シェークスピアの劇の一つにマクベス（Macbeth）という劇があるが、「マクベス」という語を劇場内で発すると不幸が起きるという迷信から、劇場関係者はその劇をしばしば「スコットランドの劇（the Scottish Play）」と呼ぶ。「スコットランドの劇」という名詞句は、その劇の名前ではない――「マクベス」がその名前である――が、その劇を呼ぶのに使われるのである。

「平民宰相」は原敬の名前ではないが、彼を呼ぶときに使われることがある。授業中に居眠りをしている学生を見つけると、わたしはその学生を「ミスター・ハピー・スリーパー（Mr. Happy Sleeper)」または「ミズ・ハピー・スリーパー(Ms. Happy Sleeper)」と呼ぶことがあるが、そういう名前の学生にはいまもってめぐり会ったことがない。

そもそも、世の中のほとんどのものには名前がない。名前がないものを呼ぶにはもちろん名前を使えないので、何か別の言葉を使うしかない。たとえば、わたしの青いペンを「わたしの青いペン」と呼んだり、あなたの鎖骨を「あなたの鎖骨」と呼んだりするように。

と同時に、どんなものにも名前をつけることができる。名前にさえ名前をつけることができる。白の騎士の歌には名前があり、その名前は「年とった年とった男」であり、かつ「コダラの両目」と呼ばれているが、その名前に名前をつけることができる。「コダラの両目」という呼称そのものをその名前の名前にすることもできるが、なにか別の言葉でもいい。たとえば「冬景色の干し柿」という言葉を選んだとすれば、白の騎士の歌の名前「年とった年とった男」は「冬景色の干し柿」という名前を持つが「コダラの両目」と呼ばれている、ということになる。

白の騎士の歌は、その名前「年とった年とった男」で呼ばれているかというと、そうではなく、「方法と手段」と呼ばれている。さらに、その歌そのものは何かというと、「ゲートの上にすわっている」だというわけだが、しかし、キャロル自身の記述にもかかわらず、これは厳密には正しくない。白の騎士の歌は長い歌なのだが、「ゲートの上にすわっている」は、その最初の一節と最後の一節にでてくる一行にすぎないからである。その歌が「ゲートの上にすわっている」だと言うのは、たとえば、夏目漱石の『吾輩は猫である』という小説は「吾輩は猫である。名前はまだ無い」だ、と言うのと大差はない。小説『吾輩は猫である』は、そんなに短くはない。「吾輩は猫である。名前はまだ無い」はその小説の（もっとも有名な）一部だが、その小説そのものではない。その小説は、もっと多くの文から成っている。白の騎士の歌も「ゲートの上にすわっている」をふくみはするが、そのほかの数多くの行から成っている。なので、その歌の核になる、あるいは有名な一行は何かといえば「ゲートの上にすわっている」であると言うのが正解かもしれないが、その歌は何かという問いに正しく答えるには、その歌を始めから終りまで歌うしかない。

第4章

お茶会の礼儀

「髪の毛を切ったほうがいいな」と帽子屋は言った。しばらくアリスを物珍しそうに見つめていたが、開口一番そう言ったのだった。

「プライベートなことについて、口出ししないで」、すこし厳しくアリスは言った、「まったく礼儀しらずね」。

これを聞いて帽子屋は目をまるくしたが、「カラスが机みたいなのはなぜ?」と言っただけだった。

「おもしろそう!」と思ったアリスは、「なぞなぞを始めてくれてうれしい――わたし、それ当てられるよ」と口にだして言った。

「その答えを見つけられると思う、という意味かい?」と三月ウサギは言った。

「まったく、そのとおり」、アリスは言った。

「なら、思っていることを言うべきだろ」、三月ウサギは続けた。

「そうしてるでしょ」、アリスはすぐに返答した、「少なくとも――少なくとも、わたし言ってることは思ってるわ――それって同じことでしょ」。

「ぜんぜん同じじゃない!」、帽子屋が言った。「あのさ、それって『食べるものは見える』は『見えるものは食べる』と同じことだって言っているようなもんだ」。

「『手に入れるものは好きだ』は『好きなものは手に入れる』と同じことだって言っているようなもんだ」と三月ウサギがつけたした。

「『眠っているときは呼吸している』は『呼吸しているときは眠っている』と同じことだって言っているようなもんだ」と寝言でヤマネがつけたした。

「おまえにとっては同じことだろ」と帽子屋……

『不思議の国のアリス』第7章
「変てこりんなお茶会」70―71ページ

第1節　逆はかならずしも真ならず

三月ウサギに「思っていることを言え」と言われたアリスは「わたしは言っていることは思っている」と言い、そしてそれは「わたしは思っていることは言っている」と同じことだ、という反応をするが、帽子屋と三月ウサギとヤマネは、そのアリスの主張にすぐさま反論をたたみかける。それらの反論はどれもアナロジーによるものである。「言っていることは思っている」が「思っていることは言っている」と同じことだとしたら、それと類比的に、「食べるものは見える」は「見えるものは食べる」と同じこと、「手に入れるものは好き」は「好きなものは手に入れる」と同じこと、そして「眠っているときは呼吸している」は「呼吸しているときは眠っている」と同じことになってしまう。これはあきらかにまちがいなので、アリスの言っていることもまちがいだ、という反論である。

この反論を、単なるアナロジーの域からでてさらに敷衍すると、もっと一般的な論理の誤謬を指摘する反論として捉えることができる。

（1）もしFしているならば、Gしている。
（2）もしGしているならば、Fしている。

アリスが暗に仮定しているのは、FとGが何であろうと（1）と（2）は同じことを言っている、ということである。（1）と（2）を、主語を付け足して言うとこうなる。

（3）もしxがFしているならば、xはGしている。
（4）もしxがGしているならば、xはFしている。

xがアリスのみならず誰だろうと、（3）と（4）は同じことを言っている、というわけだ。さらに、xを人や動物に限らず、すべての個体にまで広げて考え、かつ、「……している」で表現される行動だけでなく、「……である」で表現される状態もふくめる一般的な形で言いかえると、こうなる。

（5）もしxがJならば、xはKである。
（6）もしxがKならば、xはJである。

（5）と（6）が同じことを言っているというアリス的な主張は正しくない、ということを示す例をあげるのはむずかしくない。たとえば、「もし冥王星が惑星ならば、冥王星は天体である」と「もし冥王星が天体ならば、冥王星は惑星である」が同じことだ、という主張はまちがっている。冥王星は惑星になりそこねた天体である（天体だが惑星ではない）と同時に、もし仮に惑星になりそこねていなかったならば――すなわち、もし惑星だったならば――もちろん天体だったろう（惑星ならば天体である）。

ここからさらに、特定の個体がこれこれであるということのみならず、もっと広い意味で状態一般をさすように言いかえれば、こうなる。

（7）もしPならば、Qである。

（8）もしQならば、Pである。

たとえば、「もし風が吹けば、桶屋がもうかる」と「もし桶屋がもうかれば、風が吹く」が同じことだということである。風と桶屋のこの例ではPとQのあいだの時間の経過が重要だが、そういう例をもう一つあげれば、「日本の人口が一億を割れば、日本政府が思いきった人口増加政策をとる」と「日本政府が思いきった人口増加政策をとれば、日本の人口が一億を割る」は同じことだということ。また、時間に関係ない例としては、「もし侍が七人いれば、侍がいる」と「もし侍が七人いる」は同じことだということとか、「もし誰もが赤いシャツを着て緑のズボンをはいているならば、誰もが赤いシャツを着ている」と「もし誰もが赤いシャツを着て緑のズボンをはいている」は同じことだということ、などがある。

（7）と（8）が同じことだと思うのはまちがいだ、というのはこれらの例からあきらかだだが、そういうまちがいを犯すひとは少なくない。

（9）もし先生が正しければ、学生がまちがっている。
（10）もし学生がまちがっていれば、先生が正しい。
（11）もしこの薬が特効薬ならば、患者がみな回復する。
（12）もし患者がみな回復するならば、この薬は特効薬である。
（13）もし太郎が悪いならば、花子は悪くない。
（14）もし花子は悪くないならば、太郎が悪い。

先生が「太陽系の第三惑星は金星だ」と言い、学生が「太陽系の第三惑星は火星だ」と言ったとすれば、（9）は真だが（10）は偽である。もし第三惑星が金星なら、火星は金星でないので、第三惑星は火星ではないだろうし、もし第三惑星が火星でなくても、第三惑星が金星だということにはならないからだ（現実の第三惑星は、もちろん地球である）。益も害もない薬を服用した患者がみなたまたま回復することはありうるので、（11）と（12）は同じことではない。（13）と（14）が、誰か一人だけがおこなったいたずらに関して言われたとすれば、（13）が真だということと（14）が偽だということは矛盾しない。悪いのは太郎でも花子でもなく、与太郎かもしれないからだ。

論理学者だったキャロルが、こういう単純だが日常的にまちがいやすい命題論理関係についてのエピソードをさりげなく入れるのは、ごく自然なことと言えるだろう。

第5章

首に関する三つ巴の議論

チェシャー猫のところに戻ってくると、猫のまわりに大きな群衆がいたのでアリスはおどろいた。死刑執行人と王様と女王様のあいだで論争がおきていたのだ。三人とも同時にしゃべっているいっぽう、ほかのみんなは無言のままで、とても居心地悪そうにしていた。
アリスがあらわれるやいなや、三人は同時に彼女に判定をもとめ各自の議論をくりかえしたが、三人いっしょにしゃべったので、だれが何を言っているのかとても分かりにくかった。死刑執行人の議論によると、そもそも身体がなくては首を切ることはできないのであ

り、自分としては身体がないものの首を切れと言われたこともないし、いまさらそんなことを始めようとも思わない、ということだった。

王様の議論によると、首があるものは何でも首を切ることができるのであり、バカなことを言うな、ということだった。

女王様の議論によると、すぐさま何らかの処置がなされなければ、一人残さずみんな処刑してしまうぞ、ということだった。


〔『不思議の国のアリス』第8章「女王様のクロッケー場」88—89ページ〕

第1節 「切る」の二つの意味

にやにや笑い以外すべてが消えてしまう前にその笑いを浮かべる首だけが残っていたチェシャー猫が、ここで話題になっている（チェシャー猫がはじめて登場する場面は第12章で扱う）。ふたたび首だけで登場したチェシャー猫に業を煮やした王様が女王様に助けを求めると、女王様はすぐさま「打ち首じゃ」というこのいつも通りの命令をくだす、というこのエピソードの中心は、首切りの十分条件は首があるということだと主張する王様と、首があるということは必要条件だが十分条件ではないと主張する死刑執行人のあいだの議論である。後者は、首が身体についているということも必要条件なので、ただ首があるだけでは首切りはできないと主張するのだ。

　王様と死刑執行人の意見のちがいは、「切る」ということについての理解のちがいである。そのちがいを明確にするために、「触れる」と「横に置く」を例にとって、まず関係項の数のちがいについてはっきりさせよう。町角に電柱があるとする。花子がその電柱に触れるならば、花子と電柱のあいだに「ｘがｙに触れる」という二項関係が成り立つと言える。なぜ二項かというと、ｘとｙという二つの変項があるからだ。花子がｘで、電柱がｙなのである。そのあと花子が電柱の横に観賞用植物のモンステラを置いたならば、花子と電柱とモンステラのあいだに「ｘがｙの横にｚを置く」という三項関係が成り立つ。変項がｘ、ｙ、ｚと三つあるので、三項関係なのである。言うまでもなく、花子がｘ、電柱がｙ、モンステラがｚだ。二項関係は三項関係でなく、三項関係は二項関係ではない。項の数は関係にとって本質的な特性なのだ。「触れる」という二項関係には、触れる主体と触れられる対象という二つの個体があればいいが、「横に置く」という三項関係には、置く主体、置かれる対象、そしてその置かれる対象がその横に置かれるもの、という三つの個体がいる。

「切る」というのは、「ｘがｙを切る」という二項関係とも、「ｘがｙをｚから切り離す」という三項関係ともとれる。二項関係ならば、電柱があれば花子はそれに触れることができるのと同じように、たとえば一本のニンジンがあれば、葉がついていなくても、花子はそれ――ニンジンの根の部分――を切ることができる（たとえば輪切りにするとか、半月切りにするとか、いちょう切りにするとか）。それにくらべて、三項関係ならば、電柱にくわえてモンステラのように何か別のものがなければ花子は電柱の横に何かを置くことができないのと同じように、葉がついていなければニンジンの根の部分を葉から切り離すことはできない。「葉がなくてもニンジンの根の部分を切ることはできるか」という問いに唯一正しい答えを出すには、まず「切る」とは二項関係か三項関係かをあきらかにする必要がある。二項関係なら答えは「できる」、三項関係なら「できない」となる。

王様は、「ニンジンをいちょう切りに切る」というような意味での二項関係として「切る」を理解しているので、首さえあれば、首を「切る」ことは可能だと言うのである。いっぽう、死刑執行人は「ニンジンを葉から切り離す」という意味での三項関係として「切る」を理解しているので、首が胴体についていなければ首を「切る」ことは不可能だと言うのである。

このように、二項関係と三項関係をはっきり区別すれば混乱は避けられる。しかしそうすることなくグズグズしていれば、女王様にさっさと処刑されてしまうだろう。

第2節　独我論への反論

二項関係と三項関係の区別をはっきり念頭におくと、混乱した哲学的やりとりを明確化することができる。そうした例を一つ見てみよう。

この世界には自分と自分が持つ性質しか存在しない、という主張を「独我論（唯我論）」という。花子は独我論者で、「わたしは存在し、わたしが持つ性質は存在するが、それ以外のいかなるものも性質も存在しない」と主張したとする。そこへ太郎がやってきて、「それはちがう。ぼくは存在し、ぼくはきみではないので、きみ以外のものが存在する」と言うとしよう。これは、花子の独我論のあきらかな反証のように思われる。花子は、この反論から自分の主張を擁護しうるのか。独我論の正しさに確信を持つ彼女は、たぶんこう言うだろう‥

わたしには、太郎が見え、太郎の発する言葉が聞こえる。だが、これは、わたし以外のものが存在するからではない。わたしに太郎が見えるということは、ある特定の種類の視覚的イメージをわたしが持つ、ということ以外の何ものでもなく、わたしに太郎の言葉が聞こえるということは、ある特定の種類の聴覚的イメージをわたしが持つ、ということ以外の何ものでもない。視覚的イメージや聴覚的イメージは、わたしのなかにあるので、わたし以外のもの――わたしの外にあるもの——ではない。よって、太郎が見え、太郎の発する言葉が聞こえるという事実から、わたし以外のものの存在が導きだせるわけではない。

もし花子がこう言い、あくまでもこれに整合的なかたちで太郎のさらなる反論に対処できたとしたら、彼女の独我論は、内的に論理的矛盾をふくまないという意味で論駁不可能だろう。だが、内的に論理的に矛盾しないからといって、必ずしも正しいということにはならない。あなたが「わたしはいま、ヘルシンキでトナカイを食べている」と言うとすれば、あなたが言っていることは内的に何ら矛盾してはいないが、もし金沢でブリを食べながらそう言っていたなら、正しくはない。独我論者でない太郎としては、この内的に無矛盾な花子の主張が正しくないということを示すために、どう反論すればいいのだろうか。共通する中立な背景をバックにした真っ向からの論駁は無理だろうが、自分の非独我論的立場から何か言えるかもしれない。そうするには二項関係と三項関係の区別をかなめにして、次のように言うのがベストなのである：

きみは概念的混乱に陥っている。花子に太郎が見えるということは、花子と花子自身の中に生じる視覚的イメージのみのあいだの二項関係だ、ときみは言うが、それはまちがっている。花子に太郎が見えるためには、花子と花子が持つ視覚的イメージだけでなく、太郎もかかわっていなければならない。その視覚的イメージは、ほかのだれのイメージでもなく、太郎のイメージでなければならないからだ。たとえば、そのイメージがいかに太郎に似ていても、もしそれが双子の次郎のイメージならば、花子は太郎ではなく次郎を見ていることになる。その場合もし自分が見ているのは太郎だと思うとすれば、それは次郎を太郎と見まちがえているということになる。視覚的イメージだけでなく、聴覚的イメージや、触覚的、嗅覚的、味覚的イメージなどあらゆる知覚的イメージを加えたとしても、きみのまちがいは消えない。また、ただ単に三項関係を二項関係と混同しているだけでなく、おそらくきみは、物理的時空に存在する人間と心的現象である知覚的イメージとの区別をはっきりつけることにも成功していないのだろう。

「見る」という言葉の多義性を如実にあらわすいい例は残像である。あなたが、実際に目の前にある赤い丸い紙片を数秒のあいだ凝視しているとする。そして、そのすぐあと白い壁に目をうつしたとする。そうすれば、緑の丸い残像が見えるはずだ。もちろん壁には、緑色のものや丸いものは何もないし、描かれてもいない。あなたが視覚的に意識している緑色の丸はものではなく、あなたの視覚経験内にのみあるイメージにすぎない。

あなたが赤く丸い紙片を見つめているとき、あなたと紙片の間には、ある二項関係が成り立っている。これを「視覚の二項関係」と呼ぶことにする。この視覚の二項関係が成り立っているのと同時に、視覚経験の主体であるあなた、視覚の対象である紙片、そして両者のあいだを取りもつ視覚的イメージの三者がかかわる三項関係も成り立っている。その場合、あなたは紙片を「見ている」とはふつうに言えるが、ある意味で視覚的イメージを「見ている」と言うこともできるだろう。「見る」という動詞のこの二つの用法を、添え字を使って前者を「見^{1}る」、後者を「見^{2}る」として区別しよう。あなたが紙片を見^{1}るという視覚の二項関係は、あなたが視覚的イメージを見^{2}ることをふくむ視覚の三項関係が成立しているという事実によって成り立っている、というわけである。つまり、あなたは紙片によって引き起こされた視覚的イメージを見^{2}ることによってその紙片を見^{1}ている、ということだ。その直後に白壁に目を移して緑色の残像が見えたときには、丸い紙片はもう見^{1}ていないし、ほかの何の物理的なものも見^{1}てはいない。だが、丸い緑色の残像である視覚的イメージは見^{2}ている。つまり、何も見^{1}ていないが、何かを見^{2}ているのである。また残像以外にも、たとえば幻覚と呼ばれる現象は、見^{1}ることなしに見^{2}ることであると言えるだろう。

　半分水に満たされたグラスに入ったストローが曲がって見えている場合は、残像の場合とちがって、終始ストローが見^{1}えている。まっすぐなストローが、曲がって見^{1}えているのであって、何か曲がったものが見^{1}えているのではない。視覚的イメージは曲がっているが、それは見^{1}えているのではなく、見^{2}えているのである。見^{1}えているのはストローであって、そのストローは曲がったものではない。曲がって見^{1}えているだけである（「曲がった」は形容詞であって名詞を修飾し、「曲がって」は副詞であって動詞を修飾する、ということに注意せよ）。

　太郎の非独我論的立場から言えば、花子は、見^{1}ることと見^{2}ることの区別を無視することによって独我論に陥っているというわけだ。

第6章

不可能を信じるのは朝飯前

「……さあ、これを信じてごらんなさい――わたしの年齢は百一歳五ヵ月と一日」、女王様は言った。

「そんなこと信じられない！」とアリス。

「信じられないですって？」憐れむような口調で女王様は言った、「さあもう一度――深呼吸して、目をとじて」。

アリスは笑って言った、「無駄よ。不可能なことを信じるなんて、できっこない」。

「練習不足ですね」、女王様は言った、「わたしがあなたの年頃には、かならず一日に三十分は練習していました。じっさい、朝食前に六つも不可能なことを信じたりしたのですよ」。


〔『鏡の国のアリス』第5章「毛糸と水」199ページ〕

第1節　信じるということ

女王様は、練習しだいで不可能なことも信じられるようになると主張するが、アリスは賛成しない。どちらが正しいのだろうか。そもそも、何かを信じるということは「行為」とよべるものなのだろうか。自転車に乗ったりπの値を小数点以下二十桁まで覚えたりするのは行為であり、練習しだいでできるようになるだろうが、何かを信じるというのは、そういうこととはちがうのではないか。

たとえば、いまあなたの目の前にハッピを着たアルマジロが七匹いると信じてください、とお願いしたとしたら、あなたはどうするだろうか。もちろん「そのようなことはできかねます」と丁寧だがクールな反応をするかもしれない。だが、そうせず、その願いどおりにしようとしたら、あなたはいったいどうするのだろうか。話を簡単にするために、あなたはアルマジロにくわしく、たとえばアリクイやツチブタをアルマジロと混同するようなことは決してないとしよう。

さて、そういうあなたが両目を大きく見開いて、目の前を凝視するとしよう。だがアルマジロは一匹も見えない（にちがいない――ちがいあれば、お願いのなかの「アルマジロ」を「火星人」に変えて読み続けてほしい）。見えないということは、（アルマジロがいるという証拠を視覚が与えていない、ということのみならず）アルマジロがいないという証拠を視覚が与えているということなので、あなたは、その証拠にもとづいて、目の前にハッピを着たアルマジロが七匹いるということはない、と信じるだろう。そして論理的思考に長けているあなたのことだから、それに相反すること、すなわち、目の前にハッピを着たアルマジロが七匹いるということ、を信じることを拒否するだろう。直接知覚にもとづくこの論理的推論は、反射的と言ってもいいほど自動的におこる人間としてごく自然な反応である。

このごくふつうの反応に真っ向からはむかって、目の前にハッピを着たアルマジロが七匹いると信じるにはどうすればいいのか。「わたしの目の前にハッピを着たアルマジロが七匹いる」と繰り返し自分に言い聞かせるだけでは不十分だということはあきらかである。では、あたかも目の前にハッピを着たアルマジロが七匹いるかのような言動をすればいいのか。道行く人々に「ここにハッピを着たアルマジロが七匹います」と呼びかけ、あたかもハッピを着た七匹のアルマジロに対してふさわしいような振る舞いをすればいいのか。

不思議の国のチャレンジ　その2

ハッピを着た七匹のアルマジロに対してふさわしい振る舞いとは何か、身振りをそえて詳しく説明せよ。

目の前にハッピを着たアルマジロが七匹いる、と信じる「ふり」をすることは比較的やさしい（比較的やさしいだけであって、大変やさしいわけではない）。だが、「ふり」をするということは、本当は信じていないということを含意するので、信じる「ふり」をするのは信じるのに十分でないどころか、信じないのに十分である。

だが、信じる「ふり」をし続ければやがて本当に信じるようになる、と言う読者がいるかもしれない。たしかに、人間の心理はときとしておどろくべき動き方をするので、信じる「ふり」を持続的に強要させられることによって本当に信じるようになることもあるだろう。だが、それはたとえば拷問のような特殊な状況下においてのみ起こりうるのであって、日常生活において（たとえ宮廷での王女様の日常生活においてでも）朝食前に六つの不可能なことを信じる「ふり」をするだけで本当に信じてしまうことはできないと思われる。

注意深い読者はすでに気がついているだろうが、女王様の年齢が百一歳五ヵ月と一日だということは非常に起こりにくいことだが、不可能なことではない。キャロルが生きていたヴィクトリア朝時代には、人間の平均寿命は現在のほぼ半分だったので、これを不可能なことの例として使ったのだろう。また、目の前にハッピを着たアルマジロが七匹いるという状況も、非常に起こりにくいことだが不可能なことではない。ではキャロルの言葉を文字通りとって、「生物学的に起こりにくい」とか「日常生活で起こることはまずない」、あるいは「知覚による証拠に反する」とかいう意味ではなく、論理的または数学的または、ものの本質にかんがみてありえないという（非常に強い）意味での「不可能な」ことを信じることができるかどうか、という話にしよう。

あることがそのような強い意味で不可能であっても、当事者がそう思っていなければ、話はおもしろくもおかしくもない。ここで「不可能なことを信じる」というのは、「自分が不可能だと思っていることを信じる」という意味なのである。πが有理数だというのは不可能だが、それを知らない生徒はπは有理数だと本当に信じているかもしれない。そういう生徒がそう信じることには何の不思議もない。「これこれは不可能だが、わたしはこれこれを信じる」という態度を（「ふり」ではなく）本当に真摯にとることができるのかどうかが問題になっているのである。

「これこれは不可能だ」ということは、いかなる可能世界でもこれこれではないということなので、現実世界が可能世界であるかぎり、現実世界ではこれこれではないということになる。また、これこれを信じるということは、現実にこれこれだと信じる、つまり現実世界でこれこれだと信じるということにほかならない。よって、「これこれは不可能だが、わたしはこれこれを信じる」という態度をとることに成功したひとは、（論理的に破綻していないかぎり）現実世界を可能世界ではないと見なすことに成功したということになる。しかし、現実世界を可能世界ではないと見なすのは、現実世界をありえない世界と見なすことであり、その世界での自分自身の存在をありえないものと見なすことになるので、端的な意味で自己否定の態度をとることにほかならない。朝食前に六回そういう態度をとることができる少女は、（たとえ王女様であっても）非常に稀な人物だと言わなければならない。

第7章

これ全部、誰かの夢

「赤の王様がいびきをかいてるだけだよ」、とトウィードルディーは言った。

「来て見てごらん」、二人の兄弟は叫んで、各々アリスの片手をとり、王様が眠っている場所へ連れていった。

「素敵な光景だろ」、トウィードルダムは言った。

正直なところアリスにはそうは思えなかった。王様は、飾り房のついた長い赤のナイトキャップをかぶり、ふにゃっとだらしなく横たわって、トウィードルダムが「頭が吹き飛んでもおかしくない！」と言うくらい大きないびきをかいていたのだった。

「しめった草の上にねていたら風邪を引いちゃうよ」とアリスは思いやりをしめした。

「いま夢を見ているぞ」とトウィードルディー、「何の夢だと思う？」。

「そんなこと誰にもわからないでしょ」とアリス。

「きみの夢を見てるんだよ！」と叫んで、トウィードルディーは勝ち誇ったように拍手した。

「で、王様がきみの夢を見るのをやめたら、きみはどこへ行っちゃうと思う？」

「いまいるところにいるに決まってるでしょ」とアリスは言った。

「ちがうんだなあ！」とトウィードルディーは、さげすむように言葉を返した。

「きみはどこにもいなくなっちゃうのさ。あのね、きみは王様の夢のなかにいるだけなんだよ！」

「あの王様が眠りから覚めれば」、トウィードルダムがつけくわえた、「きみは消え去ってしまう——バン！——ってロウソクみたいにね！」。

「そんなこと、あるわけない！」と怒ったアリスは叫んだ。「それに、わたしが王様の夢のなかのものにすぎないのなら、あなたたちは何なのよ？」。

「同上」、トウィードルダムは言った。

「同上、同上！」、トウィードルディーは叫んだ。

あまり大きな声で叫んだので、アリスは「しっ！　そんなに大声をだしたら起こしちゃうじゃない」と言わないではいられなかった。

「あのさ、王様を起こすって、きみが言うことじゃないだろ」とトウィードルダム、「王様の夢の中にしかいないきみが。自分はリアルじゃないってことわかってるよね」。

「わたしはリアルよ！」と言ってアリスは泣きだした。

「泣いたって、もっとリアルになるわけじゃなし」とトウィードルディー、「泣く理由なんか何もない」。

「もしわたしがリアルじゃなかったら」とアリスは——あまりにもばかばかしかったので、涙ながらに半分笑いながら言った——「泣けるわけないでしょ」。

「まさか、その涙がリアルな涙だと思っているんじゃないだろうね？」とトウィードルダムが強い軽蔑の口調でさえぎった。

「二人ともナンセンス言ってるに決まってる」、アリスは思った、「だから、それで泣くのは馬鹿馬鹿しい」。そこでアリスは涙をぬぐい、できるだけ陽気に続けた、「とにかく、わたし森から出なきゃ。ほんとうにとても暗くなってきたから。雨が降るかしら?」。

『鏡の国のアリス』第4章「トウィードルダムとトウィードルディー」188―190ページ

第1節　夢のなかだけの存在

アリスが赤の王様の夢にでてくる登場人物だということ自体は、アリスの視点から見てもおどろくにはあたらない。実在の人物が他人の夢に現れるのは特に不思議なことではないからだ。トウィードルダムとトウィードルディーが言っているのは、単にアリスが赤の王様の夢の登場人物だということではなく、アリスが赤の王様の夢の登場人物にすぎないということである。つまり、アリスは赤の王様の夢のなかだけに存在する人物だということである。アリスの存在は赤の王様の夢のなかだけに限られているので、その夢が終わればアリスの存在も終わる。これ自体が奇妙なのではない。わたしたちは実在しないものや人物の夢を見るし、その夢が終わればそういうものや人物は消え去るということもわかっている。それを特におかしいとも思わない。アリスの状況でおかしいのは、アリスは、自分自身が他人の夢にのみ存在するのだという思考をさせられているということである。しかも、その夢を見ている人物が自分の目の前にいて、その夢を見ている最中なのだ、という思考をさせられているのである。これは二重におかしなことだと言わざるをえない。

　まず、自分は他人の夢のなかの登場人物にすぎないという思考そのものがすでに奇妙である。だが、それだけではない。自分は、自分の目の前に眠っていて夢を見ている人物のその夢のなかだけに存在するのだ、という思考はさらに奇妙このうえない。もし自分が誰かの夢の登場人物にすぎないのだとしたら、その誰かがその夢を見ている状況は自分にとって原理的に観察不可能な状況でなければならない。ある特定の人がある特定の夢を見ているという状況は、その夢見を実現している状況だが、その夢のなかの状況すなわちその夢の内容状況ではありえないからだ。ある人がある夢を見ているという状況は、夢のなかの視点から言えば「超越的な状況」という言葉で言いあらわすのが適切かもしれない。

トウィードルダムとトウィードルディーは、この二重の奇妙さにまったく動じることなくアリスを説得しようとするのみならず、自分たち自身も赤の王様の夢の登場人物にすぎないと主張する。彼らのこの主張はじつに奇妙だが、無意味ではないということに注意しよう。反証可能でさえある。もし彼らの主張がまちがっていれば、赤の王様を眠りからさまして自分たちが存在し続けるのを確認することによって、その主張が偽であることをトウィードルダムとトウィードルディーは検証できる。もちろん、彼らの主張が正しければ、赤の王様を眠りからさますことによってトウィードルダムとトウィードルディーは自分たちの存在を消し去るので、自分たちのその主張の正しさを検証することはできない。正しさのこの検証不可能性が彼らの主張の奇妙さの一面であるということは、「わたしは、赤の王様の夢の登場人物にすぎないのではない」という主張の正しさが検証可能であり、かつ奇妙ではない、ということに気づけばすぐわかる（その主張はわたしにとって反証不可能ではある）。

自分が誰かの夢の登場人物にすぎないという考えは奇妙だが無意味ではないと言ったが、無意味ではないからといって主張するに値するということにはならない。たとえば、「富士山の八合目でツチブタがロンドを演奏している」は無意味ではないが、主張するに値しない――少なくともふつうの発話状況では主張するに値しない。

不思議の国のチャレンジ　その3
これが主張するに値するような発話状況を考えよ。

では、自分が誰かの夢の登場人物にすぎないという考えは、主張する――あるいは少なくとも検討する――に値しない考えなのだろうか。「いや、少なくとも検討するに値する」という意見の有名な哲学者が少なくとも三人いるように思われるかもしれない。ギリシャ人プラトン（紀元前四二七―前三四七）、フランス人ルネ・デカルト（一五九六―一六五〇）、それにアイルランド人ジョージ・バークリー（一六八五―一七五三）の三人である。

だがプラトンとデカルトが検討したのは、自分が誰かの夢のなかの登場人物にすぎないという考えではない。プラトンは、自分は現時点で夢を見ているのであり、目下の自分の知覚や思考はその夢の中で起こっているにすぎない、すなわち、夢から覚めれば消え去るその知覚や思考は現実に対応してはいない、という考えを（対話篇の主人公であるソクラテスを通じて）真剣に検討した。デカルトは、自分の知識の確固たる基盤を求めるという認識論における一つの方法として、このプラトン的検討を中心にすえたうえでさらに議論を発展させた。プラトンにせよデカルトにせよ、検討しているのは、自分が目下持っている知覚経験や思考経験は自分の夢の中に起こっているものだ、という考えなのであって、自分は誰かほかの人の夢に登場する限りの存在者だという考えではない。

また、自分は自分自身の夢のなかのみの存在者だという考えでもない。xがyの夢のなかのみの存在者ならば、yがxを夢見るのをやめればxは存在しなくなる。よって、自分が自分自身の夢のなかのみの存在者ならば、x＝yなので、xがxを夢見るのをやめればxは存在しなくなる。xを自分とすれば、自分が自分を夢見るのをやめれば自分は存在しなくなる。つまり、自分は、自分を夢見ることなしに存在することはできない。この考えは、それ自体に内的矛盾はないが、プラトンやデカルトが検討した考えより一段強い内容、つまり一段コミットが多い内容である。

いっぽうバークリーはそれとは少々趣きがちがう。自分は（自分ではない）誰かの（夢というよりももっと一般的に）心の中の現象にすぎない、という考えを真面目に主張し、その結論にたどり着くべくいくつもの議論を与えているのである。夢のなかのみの存在者としての自分という仮説に懐疑的なプラトンやデカルトと正反対に、バークリーは、自分以外の何者か（バークリーはそれを「神」と呼んだ）の心的活動または作用が自分と自分の知覚経験対象すべての存在を可能にしている、と主張した。その議論を検討することはここではしないが、『不思議の国のアリス』と『鏡の国のアリス』を書くにあたってキャロルが、（プラトンやデカルトもだろうが）特にバークリーの思索を念頭においていただろうということは想像にかたくない。

第８章

現実からの離脱

アリスは川の土手でお姉さんの横にすわっていたが、何もすることがなくて退屈していた。お姉さんが読んでいる本をちらっとのぞき見したけれど、絵も会話もないので「絵も会話もない本のどこがいいんだろう？」と思った。

そこで、起き上がってヒナギクを摘んで首飾りを作ろうかどうか（暑さと眠気で頭がボーっとしながら）考えていたところへ、ピンク色の目をした白ウサギが突然走って来たのである。

それ自体別にどうということはなかったし、アリスも、ウサギが「ありゃ、ありゃ、遅れちゃうぞ！」と言うのを聞いて特に変だとも思わなかった（あとで考えると、おかしいなと思うべきだったのだろうが、そのときはまったく自然に思えたのだった）。でもウサギがじっさいに自分のチョッキのポケットから取りだした時計を見て急ぎ足になると、アリスはおどろいて立ち上がった。ポケットのあるチョッキを着ていたり、そのポケットから時計を取りだしたりするウサギなど一度も見たことがなかった、ということにすぐ気がついたので。好奇心にかられたアリスは草地を横切ってあとを追いかけると、ウサギは生け垣の下の大きなウサギ穴へすばやく跳びこんだ。

つぎの瞬間、あとを追ってアリスも穴に跳びこんだ。いったいどうやって戻ってこられるか、などということはまったく気にもせずに。

ウサギ穴は、しばらくトンネルのようにまっすぐ伸びていったかと思うと、突然下降した。あまりにも突然だったので、アリスは止まろうと考える余裕もなく落ちていった。とても深い井戸を落ちていく感じだった。

とても深いか、とてもゆっくり落ちているかどちらかだった。というのも、まわりを見回したり、つぎ何が起こるだろうかと考えたりする余裕がたっぷりあったので。まず下を見て何があるのか見定めようとしたが、暗すぎて何も見えない。つぎに井戸の内壁を見ると、そこは食器棚や本棚で埋めつくされているのに気づいた。あちこちに地図や絵が吊るされているのが見える。落ちていきながら棚からビンを取ると「オレンジマーマレード」というラベルにもかかわらず空だったのでがっかりしたが、下にいる誰かを殺してはいけないと思い、ビンは落とさず途中の食器棚に何とか戻した。

「さーてと」アリスは思った。「こんなふうに落ちたあとは、階段から落ちるくらいへっちゃらだわ！　家のみんな、わたしのこと勇気のある子だと思うだろうな！　もし家のてっぺんから落ちたとしても不平なんか言わない！」（家のてっぺんから落ちれば、何も言える状態ではなくなるだろう）。

どんどんどん落ちていく。終わりはないのだろうか？「ここまでで何マイル落ちたのかな？」アリスは大きく声に出して言った。「地球の中心にかなり近づいているはず。ということは地下四千マイルということ――」（学校の授業でそんなことを習っていたのでそうつぶやいたのだが、聞いてくれるひとが誰もいないこんな所で知識を見せびらかしてもしようがない。でも声に出すのはいい練習にはなる）。「――そう、距離はそんなもんでしょうね――でも緯度と経度はどうかしら？」（緯度や経度とはいったい何なのか皆目わからなかったが、立派にひびくすてきな言葉だとアリスは思った）。

〔『不思議の国のアリス』第1章「ウサギ穴の中へ」11―13ページ〕

第1節　不思議の国へ

『不思議の国のアリス』のこの冒頭部分を読んでまず気づくのは、アリスがウサギを見ることから始まる不思議の国での冒険は、そもそも彼女が退屈だったという状態に端を発するということである。退屈さが思索をよぶ。退屈だということは、すべきことや考えるべきことが特になくて、行動の対象や思考の対象がほしいということだ。日常しなくてもいいことや考えなくてもいいことをあえてしたり考えたりすることによって、日常性から距離をおくことができる。分析哲学的思索にもってこいである。

ウサギ穴の中へ跳びこむということは現実の世界から離脱するということだ、という解釈はごく自然な解釈なので、ほぼ誰でもする正統派の解釈であって、ここでもそれにもとづいて話を進める。その離脱の行く先は「不思議の国」ということだが、では、その不思議の国とはどういう世界で、その世界へ離脱するとはどういうことなのか。「それは夢の世界で、そこへ離脱するとはその世界にいるという夢を見るということだ」と言って片づけてしまっては分析哲学にならないので、もう少し掘り下げた意味づけをしてみよう。

アリスは現実の世界から、ウサギが人間の言葉を話すことがおどろきに値しない世界に離脱している。さらに、その世界は、ウサギがチョッキを着て、そのチョッキのポケットから時計を出して見定めるような世界だ。そのような世界が現実世界でないということはあきらかだが、現実世界と共通点がまったくない世界ではない。ウサギがいる、子供がいる、子供がウサギを追う、などは共通点である。

それだけではない。そういう個々の事実とは別に、そもそも「ウサギ」や「追う」などの概念を使って記述できる世界だという点も共通している。現実世界ではアリスはウサギのあとを追って穴に跳びこむことはしなかったが、「ウサギ」、「あとを追う」、「穴」、「跳びこむ」などの概念は現実にわたしたちが持ち使っている概念であり、現実世界のなかのいくつかの状況はこれらの概念（プラスほかの何らかの概念）を用いて正しく記述されうる（たとえば「裏山でウサギが切り株につまづく」、「刑事が犯人のあとを追ったが逃げられた」、「ドーナツには穴がある」、「ダイビングは水に跳びこむ競技だ」など）。アリスが夢の世界を（夢のなかで）体験するのに使う概念は、アリスが現実に持っている概念であり、現実世界を体験するのにしばしば使われている概念である（たとえば「食器棚」、「マーマレード」、「地球」、「マイル」など）。夢の世界は現実ではないにしても、夢を見るということ自体は、現実の世界にいるアリスやほかの人々に現実の世界でおきていることなのでおどろくにはおよばない。これと並行して、現実世界にいるキャロルが現実世界でおこなう不思議の国の記述も、当然ながらキャロルが現実に持っている概念を駆使してなされている。

ある概念のある組み合わせを用いれば、現実世界と不思議の国はともに正しく記述できるが、同じ概念の別の組み合わせまたは別の概念の組み合わせでは、少なくともどちらかの世界が正しく記述できない、ということはもっともである。「食器棚」、「マーマレード」、「ビン」という概念を組み合わせて「食器棚にマーマレードのビンがある」といえば、現実世界の特定の台所と不思議の国でアリスが跳び込んだ穴をともに正しく記述している。いっぽう、「ビンの中に食器棚がある」といえばどちらの世界も正しく記述できていない。また、「ビンの中にマーマレードがある」といえば、現実世界の台所は正しく記述しているが不思議の国の穴は正しく記述していない。

それにくらべて、「マーマレードは柑橘《かんきつ》類から作るジャムである」は現実世界でも不思議の世界でも真である。また、現実世界とも不思議の国ともちがう鏡の国では、食器棚もマーマレードもでてこないので「食器棚にマーマレードのビンがある」という命題は真だとも偽だとも言えないが、それでも「マーマレードは柑橘類から作るジャムである」は真だと言える。食器棚にマーマレードがあろうがなかろうが、そこにある（またはない）マーマレードは柑橘類から作るジャムにほかならないからである。ほかのもの、たとえばイチゴからジャムを作ったとすれば、それはマーマレードではなくイチゴジャムである。リンゴから作ればリンゴジャム、キュウリから作ればキュウリジャムだ（キュウリからジャムを作ることが可能だ、という仮定なしにこれを言っている）。いずれにしても、柑橘類以外のものから作ったものはマーマレードではないのである。これがわからない人は「マーマレード」の概念が把握できていないか、あるいは「マーマレード」という言葉を新しい意味で使っているかどちらかだろう。

言葉の意味を固定すれば、「マーマレードは柑橘類から作るジャムである」が真でないような世界はマーマレードの本質に反する世界であると言える。そのように何かの本質に反する世界を「形而上的に不可能な世界」と呼ぼう。マーマレードが柑橘類ではなく、たとえばキュウリから作られているような世界は、形而上的に不可能な世界である。ただ単に現実からかけ離れているというだけではなく、かなり強い意味で「ありえない」世界なのだ（マーマレードはおろか、いかなる種類のジャムもキュウリから作ることはできないならば、そしてそれはキュウリの本質に反するからであるならば、キュウリからいかなるジャムが作られている世界も形而上的に不可能な世界である）。「マーマレード」、「柑橘類」、または「キュウリ」という概念そのものが意味をなさない世界だと言ってもいい。

概念についてもう少し正確に言うと、マーマレードが柑橘類以外のものから作られているような世界は、「マーマレード」という概念と「柑橘類」という概念の関連性に反するという意味で概念的に不整合なのである（さらに正確に言えば「……は……から作る」、「ジャム」、「である」という概念も関係しているが、話が煩雑になるので、それらへの言及は省略する）。こういう概念の組み合わせは、いかなる形而上的に可能な世界でも実現されていない。一般的に言えば、世界には、すべての概念のあいだの関係を整合的に保つ世界と、何らかの概念のあいだの関係を整合的に保たない世界という二種類があり、後者は形而上的に不可能な世界である。もし何らかの世界ｗを想像して、それが概念的に不整合な世界だとわかれば、問題になっている諸概念はｗにおけるような相互関係にはないと結論でき、さらにそこから、ｗは形而上的に不可能な世界だと結論できる。そうすることで概念と概念のあいだの関係や物事の本質を検証することができるわけで、これが分析哲学者が好んで用いる哲学分析の方法、すなわち世界の枠組みを使った思考実験の手法である。では、この手法を使った哲学分析の有名な例を一つ見ることにしよう。

猫は動物だ。ひまわり（植物）や硫黄（鉱物）とちがって動物である。アリスのペットで、不思議の国にも鏡の国にも出てくる動物である。猫は動物であるというこの現実をふまえたうえで、猫は動物である現実世界とほぼ区別がつかないが、以下の点でちがうような世界w_1を考えてみよう。

w_1では、ふつうに日常に徘徊していてふつうに「猫」と呼ばれるものは、じつは動物ではなく非常に精密に作られたロボットだったということが、ある日突然あきらかになったとする。それまでは動物学者もふくめて人間はみな地球規模で集団的錯覚に陥っていて、その結果「猫」と呼ばれるものの体内を観察するたびに動物の体の内部を見ているような錯覚経験をしていた。だがその集団的錯覚がとけて真実があきらかになり、「猫」と呼ばれるものはロボットだということがわかったのみならず、誰がそのロボットを作り、どうやって何十世紀ものあいだ人類を錯覚に陥れることに成功していたのかもわかったとする（それに関する詳細は非常におもしろいのだが、哲学的な分析には重要でないので一切省く）。

さて、このような世界w_1では猫は動物だろうか、あるいはロボットだろうか。「長い間みんな動物だと思っていたが、じつはロボットだった」という答えに惹かれる読者は、深呼吸をしてもう一度よく考えてほしい。もしその答えが正しいならば、w_1では猫は動物ではなくロボットだということになるが、その結論に行きつくには次のような推論がいる。

W_1では、「猫」と呼ばれるものは動物でなくロボットである。

ゆえに、

W_1では、猫は動物でなくロボットである。

この推論は妥当（もし仮定が真ならば結論も真でなければならない）か？　「妥当だ」という答えを支持するために、次のような長い考察をする人がいるかもしれない。

言葉とものを区別することは大事だ。「銀河系」という言葉は銀河系というものをさし、「アリス」という言葉はアリスというものをさす（「もの」とは、星雲も子供もふくめた形而上的にとても広い意味での「もの」である）。言語がちがえば同じものでもさす言葉はちがうことがふつうであり、たとえば英語では、銀河系は「Milky Way」、アリスは「Alice」という言葉がさす。銀河系という一つのものに二つの言葉が対応し、アリスという一つのものに二つの言葉が対応する。これは次のように言い示すことができるだろう。

英語で「Milky Way」と呼ばれるものは銀河系である。

英語で「Alice」と呼ばれるものはアリスである。

わたしたちは日本語を使っているので、日本語以外の言語の言葉について語るときはその言葉をカッコに入れて言及し、その日本語訳をカッコなしで使うのである。また、日本語の言葉も、それについて語るときはカッコに入れる。つまり、日本語であろうがなかろうが、言葉について語るときは、その言葉をカッコに入れることによって言及の対象（指示対象）だということをあきらかにするのである。例文では「Milky Way」と「Alice」という英語の言葉は言及され、「銀河系」と「アリス」という日本語の言葉は使われている。言及と使用のこの区別は重要である。

（本書では、カッコはこのほかの役目のためにも使う。たとえば強調したい言葉はカッコに入れるし、言葉の意味や概念をさしたいときもカッコを使う。カッコがどの役目を果たしているかは文脈によってあきらかなので、混乱はおこらないはずである。）

言及と使用の区別を無視すると次のようなナンセンスがおきる。

銀河系は日本語だ。

「アリス」と「アリストテレス」は始めの三文字が同じだが、国籍も生きた時代もちがう。

「銀河系」は名詞であり日本語に属するが、銀河系は星の集まりであって名詞でもなく言語に属するわけでもない。「アリス」と「アリストテレス」はともに日本語の言葉で、始めの三文字を共有するが、（その使用者のほとんどが日本国籍であるにしても）それ自体国籍はないし、生きものでもない。いっぽう、アリスとアリストテレスはちがう国籍をもち、ちがう時代に生きたが、人間なので文字から成っているわけではない。

言葉とそれがさすものをはっきり区別し、言葉への言及と言葉の使用を混同しないことの重要さはあきらかである。だがしかし、言及されている言葉と使用されている言葉が同じ言語に属する場合にかぎり、言及から使用へ移行することは誤りではない。たとえば、

銀河系は「銀河系」と呼ばれるものである。
アリスは「アリス」と呼ばれるものである。

一般に、点々の部分を同じ日本語の名詞で埋めれば、

……は「……」と呼ばれるものである。

はナンセンスどころか、真であり偽ではありえない。わたしたちがここで使っている言語は日本語で、かつ「猫」は日本語の言葉なので、

猫は「猫」と呼ばれるものである。

は真であり、偽ではありえない。

この長い考察はもっともであり、内部的には非のうちどころがない。にもかかわらず、目下の推論が妥当だという理由を与えてはいない。その推論は、つぎのとおりだったということを思いだそう。

w_1では、「猫」と呼ばれるものは動物でなくロボットである。

ゆえに、

w_1では、猫は動物でなくロボットである。

この推論が妥当であるためには、

w_1では、猫は「猫」と呼ばれるものである。

が真でなければならないが、これは、

猫は「猫」と呼ばれるものである。

によって含意されはしない。「w_1では」という修飾句がじゃまをするのだ。言葉が何をさすかは言語に相対的であるのみならず、世界にも相対的だからなのである。世界は、ものごとがそれに相対的に起きるようなもの、あるいは、命題がそれに相対的に真や偽であるもの、すなわち、ある種のパラメーターであり、そのようなパラメーターを分析哲学ではふつう「インデックス」と呼ぶ。

猫は「猫」と呼ばれるものである。

が偽でありえない真理だということは、世界という相対化のインデックスを固定してはじめて言えることなのである。すなわち、現実世界を念頭におくことによってはじめて言えることなのだ。それを明示的に言葉にあらわせば、

現実世界では、猫は「猫」と呼ばれるものである。

となる。これはたしかに真だ（日本語への相対化はすでに仮定されているということを忘れてはならない）。そしてそれは、本書のこのページでわたしがこう言っているのは現実世界においてであると

いう事実にもとづいてのことなのである。よって当の推論が妥当であるためには、

もし現実世界で猫は「猫」と呼ばれるものならば、w_1でも猫は「猫」と呼ばれるものである。

が真でなければならないが、これを真だと確認することはできない。なぜなら、w_1には「猫」と呼ばれるものが存在して、それは動物ではなくロボットなのだが、だからといって、猫が存在するということにはならないし、ましてや、猫が存在して「猫」と呼ばれるということにはならないからだ。そもそも、w_1に猫が存在するかどうかが問題の中心なのである。w_1にw_1で「猫」と呼ばれるものが存在するからといって、w_1に猫——すなわち現実世界で「猫」と呼ばれるもの——が存在するということにはならない（本書は現実世界で書かれていることを忘れるべからず）。

ここで次のような反論があるかもしれない。たしかに、w_1で「猫」と呼ばれるものは現実世界で「猫」と呼ばれるものではないかもしれない、すなわち現実世界の猫ではないかもしれないが、w_1の猫ではある。w_1の猫が動物でなくロボットならば、猫が動物でなくロボットだということがw_1で真であるということだ。よって、w_1では、猫は動物でなくロボットである。

しかし、この反論には、新しい微妙な言葉づかいが付け足されているということ以外のポイントは何もない。「w_1の猫である」ということはどういう意味なのか。もしそれが「w_1にいる猫である」という意味ならば、それは「猫であり、w_1にいる」という意味なので、w_1の猫は猫である。だ

が、こう解釈するとこの反論は、w_1で「猫」と呼ばれるならば猫であるという推論はまちがいだ、という論点を単に否定しているだけということになり、なぜその論点が否定するに値するのかの理由を与えていない。いっぽう「w_1の猫」という意味ではないとしたら、いったいどういう意味なのだろうか。「w_1にいる猫」という概念とはべつに、「猫」を含意しない「w_1の猫」という概念をわたしたちは持っているのだろうか。もし持っているとすれば、「w_1の猫」と「猫」の関係はいったい何なのか。

仮に持っていたとしても、「w_1の猫」は「猫」を含意しないのみならず、「現実世界の猫」を含意することもないだろう。よって、「w_1の猫」が動物でなくロボットだからといって、現実世界の猫が動物でなくロボットだということにはならない。ということは、（現実世界でこの話をしているわたしたちには）「w_1の猫」が動物でなくロボットだからといって、猫が動物でなくロボットだということにはならないのだ（と主張できることになる）。

ここでの議論は、w_1で「猫」という言葉が動物でなくロボットをさすからといって、猫が動物でなくロボットであることが可能だということにはならない、という議論である。猫が動物だということは必然的であり、猫がロボットだということは不可能だ、という主張を結論とする議論ではない。そのような主張はもっともな主張だが、それを疑いなく確立する議論を与えたわけではない。そうするには、もっと強い議論がいる。

一般に、言葉とそれがさすものの関係から出発して、そのもの自体についての形而上的な結論を出すのは容易ではない。言葉とものの関係はその言葉に関する社会的規約にもとづいているのであり、そのような社会的規約は適切な形而上的必然性に欠けるからである。現実の規約によればわたしたちは猫を「猫」と呼ぶが、そうしなければならない形而上的必然性はまったくない。猫を「犬」と呼んだとしても形而上的になんらさしさわりはない。もちろん、猫を「犬」と呼べば猫と犬を混同することになるだろうが、猫が犬になるわけでもないし、犬が猫になるわけでもない。そもそも、同時に犬を「猫」と呼べば混同はさけられる。「猫」と「犬」がそのように交換された世界は現実世界ではないが、現実世界からそう遠くはなれた世界でもない。猫が犬である世界でも犬が猫である世界でもなく、ただ単に「犬」という言葉が猫をさし「猫」という言葉が犬をさす世界にすぎない。どの言葉が何をさすかということは心理学的、社会学的、言語学的、文学的には重要だが、形而上的には重要ではない。形而上的に重要なのは、猫は猫だということであって、「猫」が猫をさすということではない。言葉のどの側面が形而上的——またはより一般に哲学的——に重要で、どの側面が重要でないかを正しくつかむことが、よく言及される分析哲学での「言語論的転回（linguistic turn）」の正確な理解には欠かせない。

w_1で「猫」と呼ばれるものは動物ではなくロボットで、現実世界で「猫」と呼ばれるもの——すなわち猫——は動物でロボットではないと前節では言ったが、猫が（現実世界で）ほんとうに動物であってロボットではないということを、わたしたちはいかにして知り得るのだろうか。猫を解剖すればその内部には血管、筋肉、内臓などが見えるのであって、ワイヤー、金属、マイクロチップなどが見えるのではないからだ、という答えがすぐ頭に浮かぶが、そういう見え（一般的に言って、知覚内容）そのものが信用するに値するかどうかは、いかにして知り得るのだろうか。

皆が「猫」と呼んでいたものが実は動物ではなくてロボットだったということがあきらかになった時点t_1で、それまで自分たちはとてつもない規模の幻覚にまどわされていたのだとはじめて気づいたw_1の住人のように、現実世界の住人であるわたしたちも同じように動物の外見を呈するロボットを「猫」と呼んでいるのかもしれないではないか。

もっと言えば、そもそも現実世界はw_1ではないという仮定はいかにして正当化されるのだろうか。もし現実世界がw_1で、現時点がt_1以前の時点だったならば、わたしたちの知覚は猫をロボットではなく動物として提示するだろう。そしてw_1の住人として、わたしたちは猫を動物以外の何ものともみなさないことだろう。現時点における現実世界がt_1以前の時点におけるw_1であるという主張は、現時点における現実世界でのわたしたちの知覚経験が与える証拠のすべてと整合的である。つまり、わたしたちの住むこの現実世界がw_1ではないという証拠はないのである。少なくとも、知覚による証拠はないのである。

では、どうすればいいのだろうか。現実世界はw_1だと結論すべきだろうか。それとも現実世界はw_1とはちがい、猫はほんとうに動物だと結論すべきだろうか。よく考えてみると、現実世界に関して何を主張するかについて、わたしたちには四つの選択肢がある。

（1）知覚経験は誤っており、猫は動物ではない（ロボットである）。
（2）知覚経験は正しく、猫は動物である。
（3）知覚経験は誤っており、猫は動物である。
（4）知覚経験は正しく、猫は動物ではない（ロボットである）。

（1）と（2）はすでに論じたが、（3）と（4）はどうだろう。（3）によると、猫の体内に動物特有の器官を提示するわたしたちの知覚の内容は猫の体内のようすを正しく示していないにもかかわらず、猫は動物である。わたしたちは誤った理由で真実を信じている、というわけだ。形而上的に、たまたまラッキーだったと言えるだろう。もしそうだとしたら、「わたしたちは猫が動物だということを知っている」とは言えまい。ラッキーな形で信じるに至った真理は、知識の名に値しないからだ。

例をあげよう。

あなたという人物をまったく知らないわたしが、あなたが所有する靴の数はいくつかと聞かれて、一以上三百以下の数の中からランダムに選んで「百八十三足」と答えたとしよう（なぜ一以上三百以下かという問いは非常におもしろいのだが、任意の人物のファッション感覚と家計に関する分析哲学的考察をする余地は、残念ながらない）。そして、わたしの答えは正しかったとしよう。特定の数をランダムに選んだら、たまたまラッキーにも当たっただけのことである。「わたしは、あなたが靴を百八十三足持っていると知っていた」と言えば、それは承認されないだろう。「たまたまラッキーに」正しい答えをだしたということと「知っていた」ということは相容れないことだからである。知識は正しさ以上の因子を要求する。何らかの頼れる証拠あるいは正当化を要求する。なので、（3）が真ならば、「猫は動物だ」というわたしたちの信念は、真だが知識ではないということになる。

不思議の国のチャレンジ　その4

（3）を選択しても、わたしたちは猫が動物だということを知っていると主張することはできるのだが、それはいかにしてか。また、そのようにしてなされた主張の信憑性はどうか。

（4）の選択肢は、さらに奇妙だ。知覚経験が正しいならば、猫の体内には動物特有の器官があることになる。体内に動物特有の器官があるにもかかわらず、猫は動物ではないという選択肢なのだ。ここでまず気づくべきなのは、これは奇妙だが論理的に矛盾はしていないということである。動物特有の器官を持つということは、動物であるということを論理的に含意しない。ラクダ特有の顔立ちをしているからといってラクダだとはかぎらないし、忍者特有の走り方をするからといって忍者だとはかぎらない。じっさい、わたしは、ラクダ特有の顔立ちで忍者特有の走り方をするマラソンランナーを知っている。こういった例が、「何々特有のこれこれという特徴がある」は「何々である」を論理的に含意しないということを示している。

　論理的含意に反することはないにしても、動物特有の器官を持っていながら動物ではないというのは奇妙なことであることにまちがいはない。そのようなことは、いかにして可能なのだろうか。動物特有の器官を、動物として生まれた結果として自然に持つ以外のやり方で持てばいい。たとえば、高度な知識と技術を持ったグループによって完全に人工的に作られた動物特有の器官を持てばいい。これは論理的に可能なだけでなく形而上的にも可能だが、現実世界で起こっていることだと主張するには、それなりの理由がいる。そのような理由があるだろうか。ありそうもない（また、そのような人工器官を持つものは人工的に作られた動物であってロボットではない、という反論も見逃せない）。

　というわけで、（1）―（4）のうちどれかひとつを選べと言われたら、（3）と（4）は選ばないだろう。残るは（1）と（2）だが、そのどちらが選択に値するだろうか。世界の住人の立場から見るかぎり自分の世界がt_1までw_1と区別がつかないような世界は無数にあるが、そのなかで、「猫」と呼ばれるものが動物であってロボットではないという証拠がt_1で覆されるような世界と、そうでない世界がある。w_1は前者の種類の世界だ。そして後者の種類の世界のうち、「猫」と呼ばれるものがほんとうに動物であってロボットでないような世界とそうでない世界を区別することができる。その区別中の前者の種類の世界をw_2、後者の種類の世界をw_3と呼ぼう。すなわち、w_2とw_3ではともに知覚経験によって得られる証拠はすべて「猫」と呼ばれるものは動物であってロボットではないことを示し、かつ、w_2ではその証拠が正しく「猫」と呼ばれるものはほんとうに動物であってロボットではないのに対し、w_3ではその証拠はまちがっていて「猫」と呼ばれるものは動物ではなくロボットである（w_3とw_1のちがいは、前者では証拠の誤りが住人にあきらかにされることはないということだ）。

わたしたちのいるこの現実世界は、わたしたちの見地から見ただけでは、w_1からもw_2からもw_3からも区別できない。つまり知覚経験のみにたよるかぎり、現実世界はw_1かもしれないしw_2かもしれないしw_3かもしれない、と言わねばならない。現実世界がw_1あるいはw_3だという主張が（1）であり、現実世界がw_2だという主張が（2）である。どちらの主張が、より選択に値するだろう。

現実世界がw_1／w_3とw_2のどちらかということがt_1まで知覚経験のみにもとづいて決定できないからといって、w_1／w_3とw_2を区別することがまったくできないということにはならない。知覚的に区別できなくても、方法論的に区別できるかもしれないからだ。方法論的に言えば、t_1以前の時点だと仮定されている現時点までの猫に関するすべての証拠は、猫がロボットではなく動物だという主張を支持するので、その証拠に反する新しい証拠がでてこないかぎり現実世界はw_2だという立場をとるべきである（証拠に反する判断をするのは合理的態度ではない——合理的態度はどうでもいいという読者には「グッド・ラック！」と言うしかない）。そればかりか、そのような新しい証拠は、それまでの古い証拠にもかかわらず猫が動物ではなくロボットだという主張を支持できるほど強力な証拠でなくてはならない。そんな新しい証拠がでてくるだろうというメタ証拠（証拠に関する証拠）はあるのか。

「いや、ない」という方法論的な原理がある。これまでの証拠のパターンはこれからも続くと仮定せよ、という原理である。この原理は合理的態度を裏づけるのみならず、日常のごくふつうの思考や行為の基盤としてなくてはならないきわめて一般的な原理であって、それに反する考えを持ったり行為をしたりするのは非常にむずかしいだけでなく、日常生活においてはまず不可能である。

現時点までの証拠のパターンがこれからも続くと仮定するからこそ、昨日まではいてきた靴に何の疑いもなく今日も足を入れることができる。足を入れようとした瞬間に、足を入れたら靴が爆発するという証拠が突然現れるのではないかなどと疑ったりすれば、そのまま足を入れることを少なくとも一瞬は躊躇することだろう。昨日まで飲んでいた水を何の疑いもなく今日も飲み続けるのは、その水が安全だといういままでの証拠のパターンが続くと仮定しているからこそできることである。よって、合理的態度を維持するという理由のみならず、日常生活におけるごく自然な思考・行為の根底をなすわたしたちの現実世界に接する態度と相反しないという理由からも、この原理にしたがわないのは不条理なことと言わねばならない。ゆえに、（1）と（2）のどちらかを選べと言われたら（2）を選ぶべきなのである（不条理でもいいという読者には「グッド・ラック！」と言うしかない）。

というわけで、現実世界はw_1やw_3ではなくw_2だということにしよう。これは、現実世界がw_1／w_3であるということの（いまわたしたちにとっての）主観的確率がゼロだということではないし、いつか未来に（そのときの現実世界の住人にとって）そのことの主観的確率がゼロになるだろうということでもない。わたしたちや未来の現実世界の住人にとっての主観的確率がどうであろうと、現実世界は（2）の選択肢が言っているふうだ、ということである。住人の信念や知識とは独立に、現実世界そのものはそういうふうだ、ということなのである。この意味で、いまわたしたちが受け入れることにした「猫はロボットではなく動物である」という主張は、形而上的主張だと言える。

現実世界についてのこの形而上的主張を仮定したうえで、現実ではないが形而上的に可能な世界について色々な思索をめぐらせることができる。たとえば、猫がロボットであるような可能世界はあるだろうかと問うことができる。猫は現実には動物だが、ロボットであることは形而上的に可能だろうか、という問いである。その問いにはどう答えるべきなのだろう。現実に動物である猫というものが動物ではないような世界は形而上的に可能なのだろうか。現実に日本に生息している猫というものが日本に生息していないような世界は形而上的に可能だが、それは、「猫である」ということと「日本に生息している」ということのあいだに必然的な結びつきがないからである。では、「猫である」ということと「動物である」ということのあいだには必然的な結びつきがあるだろうか。もし「ない」

と答えるならば、猫が動物でないような世界は形而上的に可能な世界だと言うべきだし、「ある」と答えるならば、そのような世界は形而上的に不可能な世界だと言わねばならない。

どちらの答えが正しいかを決める試みはここではしないが、一つだけ心にとどめておくべきことがある。それは、この問いそのものが、「現実に猫は動物である」という仮定のもとで発せられている問いだということである。選択肢（2）が真であると仮定したうえでの問いだということである。これを忘れると、形而上的なこの問いを誤解することになる。認識的な問いと混同することになる。これはどういうことか。認識的な問いとはいったいどんな問いなのか。手っ取り早く言えば、（1）と（2）のどちらを選択するかを決める前の段階で発せられる問いである。

t_1までの証拠のパターンがt_1以降も続くという原理を受け入れなければ、（1）が言うような世界が現実世界かもしれないと思うかもしれない。また、t_1以降もいままでの証拠のパターンが続くにもかかわらず現実に猫はロボットなのかもしれない、と思うかもしれない。いずれにしても、現実に猫はロボットではなく動物だという目下の形而上的仮定には反する。その仮定を無視して、猫がロボットだということは可能だと主張できないのだろうか。できることはできる。だが、その場合の「可能」は形而上的可能性を意味するのではなく認識的可能性を意味する。

世界そのものがこれこれであるという可能性を形而上的可能性とすれば、その世界の住人が知っているかぎりでこれこれであるという可能性が認識的可能性なのである。猫がロボットであるという認識的可能性とは、現実世界の住人にとって、自分の世界がw_1／w_3だということの主観的確率がゼロではないということだと思えばいい。ということは、w_1やw_3は認識的可能世界だということである。さらに、w_1／w_3は形而上的可能世界ではないと仮定したとしても、認識的可能世界であることに変わりはない。すべての認識的可能世界が形而上的可能世界だ、というわけではないのである。逆に言えば、ある世界が認識的に可能だからといって、その世界が形而上的に可能だということにはならないということだ。

　このことを心に留めておくと、色々な哲学的問題について明確に考える助けになる。ふたたび「わたし（とわたしの性質）は唯一の存在者だ」という、すでにでてきた独我論の主張を例にとろう。わたしの知覚経験によると世界にはわたし以外の存在者があるように見えるが、その知覚経験が現実を正しく示しているという百パーセントの保証はない。つまり、その知覚経験が現実を正しく示していないという（わたしにとっての）主観的確率はゼロではない。すなわち、世界にはわたし以外の存在者はないという主観的確率はゼロではないということだ。だが大事なのは、ここから、わたしは存在するがわたし以外の存在者はないということが形而上的に可能だ、と結論するのは誤りだということである。わたしが唯一の存在者であるような世界は、わたしにとって主観的確率がゼロではないにもかかわらず形而上的可能世界ではないかもしれないのである。わたしにとって必ずしもあきらかでないわたし自身の本質が、わたししか存在しないような世界を形而上的に不可能にしているかもしれないからである。

　たとえば、わたしは本質的に人間という動物であって、わたし以外の人間から生まれてきた個体としてのみ存在しうるのかもしれない。もしそうならば、わたしが存在するいかなる形而上的可能世界にも、わたしの親が（少なくともわたしの誕生に先立って）存在していなければならないので、わたしが唯一の存在者であるような世界は形而上的に不可能となる。

あるいは、わたしは本質的に物理的実体なので、物理空間なしには存在できないのかもしれない。もしそうならば、物理空間は個体とは言えないにしても、わたし以外の存在者であることにちがいはないので、わたしが唯一の存在者であるような世界はやはり形而上的に不可能となる。たとえわたしが（生物学や物理学に無知なので）このような考慮をしないか、あるいは、してもその結果を無視するかした結果、わたしが唯一の存在者であるということの（わたしにとっての）主観的確率がゼロではなかったとしてもである。

第９章

二人の自分

（二十五センチに縮んだアリスは、庭に通じる小さなドアを通れるサイズになったとよろこんだのもつかの間、ドアの鍵をテーブルに置き忘れてしまって、いまのサイズではそれにとどかないことに気づいて泣きだしてしまう。）

「ほら、そんなふうに泣いたってしょうがないでしょ！」とアリスは自分にきつく言った。「泣くのはおやめなさい！」アリスは、自分自身に言い聞かせることがよくあった（ほとんど従わなかったけれど）。ときには自分をこっぴどく叱って泣かせてしまうこともあった。自分対自分で遊んだクロッケーのゲームで、ずるをした自分をひっぱたこうとしたこともおぼえている。自分が二人だというふりをするのが好きな、ちょっと変わった子だったのだ。「でも」、しょぼくれてアリスは思った、「二人のふりをしたってしょうがないな！　だって、いまのわたしは小さすぎて、一人前とさえ言えないんだから」。

［『不思議の国のアリス』第1章「ウサギ穴の中へ」18ページ］

第1節　二人のふり

泣いている自分にアドバイスしたからといって、自分が二人だというふりをしていることにはならない。泣いている自分がいて、かつそうしている自分自身にアドバイスするということは問題なくふつうにできることであり、何らかのふりをする必要などない。自分を叱ってその結果泣いてしまうということも、ふりをしなくてもできる（「いやそうではない。アドバイスするとか叱るとかの行為は厳密には二人の存在を必要とする」と言いたい読者は第4節まで待ってほしい）。自分自身とゲームをするのも、別に何のふりをしなくても、ある時点での自分と別の時点での自分を分けて考えればいいだけの話であって、二人の自分がいるふりをする必要などない。一人の人間が別々の時点で別々のことをしているからといって、二人の人間が別々の時点で別々のことをしていると想定するにはおよばないからである。また、一人の人間が自分自身をひっぱたくということも言うまでもなく簡単にできる。

なので、キャロルがここであげている例は、アリスが自分は一人ではなく二人だというふりをするのが好きだった、ということを示すのには説得力に欠ける。では、説得力のある例はあげることができるだろうか。どのような状況にあるふりをすれば、自分が二人だというふりをしていることになるのだろうか。これを一般的な問題として考えると、次のようになる。

任意の人間xと任意の人間yについて、xとyが一人ではなく二人であること——つまり$x = y$ではなく$x \neq y$であること——の十分条件は何か。すなわち、xとyがその条件を満たせば$x \neq y$である、というようなそういう条件は何か。そのような条件がわかれば、自分が一人ではなく二人だというふりをするには、その条件が満たされているというふりをすればいいということになる。

そのような条件を「非同一性の十分条件」と呼ぶことにしよう。xがyにアドバイスを与える、xがyを泣かせる、xとyがクロッケーをする、xがyをひっぱたく、などはいずれも非同一性の十分条件ではない。

では、xとyは同じ時間にちがう場所にいる、という条件はどうだろう。xが月曜日の正午に東京駅にいて、yが翌火曜日の正午に京都駅にいるとしても、$x \neq y$だということにはならないのはあきらかである。一人の人間が、東京駅から京都駅まで二十四時間以内に移動するのは簡単だからだ。だが、もしxが月曜日の正午に東京駅にいて、yが同じ月曜日の正午に京都駅にいるとしたらどうか。そうだとしたら、たしかに$x \neq y$であるように思われる。よって、「xとyは同じ時間にちがう場所にいる」は非同一性の十分条件であるように思われる。しかし、そう結論するのはまだ早い。

そう結論したいと思うのは、一人の人間が同時に東京駅と京都駅にいることはできない、ということを暗黙のうちに仮定しているからである。この仮定自体はもっともに聞こえるが、それを一般化して「任意の場所p^1とp^2について、もし$p_1 \neq p_2$ならば、一人の人間が同時にp^1とp^2にいることはできない」とすると、その一般化された仮定は疑わしいものになる。たとえば、東京駅をp^1、東京駅日本橋口をp_2とすると、東京駅は日本橋口だけから成っているのではないので$p_1 \neq p_2$だが、一人の人間がp_1とp_2に同時にいることはできる。東京駅日本橋口にいればいいのである。これからわかるのは、$p_1 \neq p_2$ということのみならず、p_1とp_2は重なっていない、つまり共通部分がないということを要求する必要があるということである。

だが、それでもまだ足りない。東京駅日本橋口のある特定の床の部分を考えよう。その床部分は、一辺五十センチの正方形だとする。その床部分を底辺とする高さ二メートルの直方体の形をした空間をp_1とし、p_1に隣接するが重なっていない同様の直方体空間をp_2とすると、一人の人間がp_1とp_2に同時にいることはできる。p_1とp_2の底辺である床に、それぞれ右足と左足をおいて直立すればいい。そうすれば、体半分がいっぽうの直方体のなかにあり、もう半分が他方の直方体のなかにあるので、そのひとは両方の直方体のなかにいることになる。体の何らかの部分が特定の場所にあれば、そのひとはその場所にいる、と言うことはおかしなことではないからだ。この例の特異な点は、p_1とp_2が近すぎるということだと思われるかもしれない。ならば、p_1とp_2を遠く離せばいいのか。日本橋口と丸の内口ならいいのか。

いや、だめである。もし仮に日本橋口に体のある部分があって、丸の内口に別の部分があるような巨大な人間が可能ならば、そのひとはかなり離れた二つの場所に同時にいることができるからである。だが、そのような巨人は生物学的に可能なのか。たぶん可能ではないだろう。仮にもし可能だとしても、p_1とp_2を無制限に遠く離せば、両者に同時にいることができるほど巨大な人間は生物学的に不可能となろう。たとえば、地球をp_1とし、火星をp_2とすれば、その二つの惑星に同時にいることができるほど巨大な人間が生物学的に不可能なのはまずまちがいない（生物学的に不可能だからといって目下の検討において重要な意味で不可能だということにはならない、という反論も可能であり、生物学的可能性と目下の検討で重要な種類の可能性――形而上的可能性――がどういう関係にあるのかという問題はたいへん意味深いが、ここでは追求しないことにする）。

しかし、地球と火星に同時にいるためには、そもそも巨大である必要があるのだろうか。東京駅日本橋口の隣接する二つの直方体空間にまたがって直立する人物の例から始めたので、その必要があるかのような印象を受けるのだが、その例を忘れてまったく別の例をみれば、その必要がないということがわかる。たとえば、次のようなSF的シナリオを考えればいい。

隣接する二つの部屋のあいだにドアがあれば、そのドアを通って二つの部屋のあいだを行き来することができるだけでなく、そのドアの敷居の右側に右足を、左側に左足をおいて直立すれば、両方の部屋に同時にいることができる。そのようなドアが地球と火星のあいだにあるとしよう（適切なぐあいに特殊な「ワームホール」を考えればいい）。現在の科学技術ではとうてい無理な話だが、そこがSF的なところなのである。形而上的には不可能ではない。そのようなシナリオでは、ふつうの大きさの人間が、そのドアの敷居にあたる部分の地球側に右足をおき、火星側に左足をおいて直立すれば、両方の惑星に同時にいることができる。巨大である必要はない。東京駅と京都駅に関するシナリオも同様に扱うことができる。

ここまでの考察では、「xとyは同じ時間に、重なっていない場所にいる」という条件が非同一性の十分条件だと結論する根拠は見つかっていない。二つの別々の場所にまたがって、それぞれに部分的に存在するという状況が可能であるかぎり、そう結論することはできないのだ。ならば、そういう状況が排除される旨を条件のなかに組み込めばいいのではないか。つまり、「xとyは同じ時間に、重なっていない場所にそれぞれ（部分的にではなく）全体として存在している」という条件にしたらどうか。より正確には、こういう条件になる。

（NI）　何らかの場所p_1とp_2があり、$p_1 \neq p_2$であり、p_1とp_2には共通部分がなく、xのすべての部分がp_1にあり、かつyのすべての部分がp_2にある。

p_1とp_2に共通部分がなければ$p_1 \neq p_2$であるのはあきらかなので（NI）には「$p_1 \neq p_2$」という連言肢がなくてもいいのだが、あっても冗長だがまちがいではないので明瞭さのために残しておく。

不思議の国のチャレンジ　その5

「NI」とは何という言葉の省略形か。（ヒント：何の十分条件として提案されているのか。）

（NI）によれば、xのすべての部分がp_1にあり、p_2にあるものはいかなるものでもxの部分ではない。かつ、yのすべての部分がp_2にあり、p_1にあるものはいかなるものでもyの部分ではない。ここから次のことが帰結する：xのいかなる部分もyの部分ではなく、yのいかなる部分もxの部分ではない――つまり、xとyは共通部分を持たない。こうして目論見どおり、x（またはy）がp_1とp_2にまたがって存在するという状況は排除される。ということは、（NI）は非同一性の十分条件として受け入れられるものだということなのだろうか。

いや、さらなる研磨が必要である。もしある日の午後一時にあなたが東京駅にいて、そこから移動して四時には京都駅にいたとしよう。ならば一時にあなたのすべての部分が東京駅にあり、四時にあなたのすべての部分が京都駅にある。一時のあなたをxとし四時のあなたをyとすれば、（NI）は満たされている。だが、あなたは一人の人間、すなわちx＝yである。東京駅から京都駅に移動したからといって二人になるわけではない。もしそんなことになるとしたら、日本の人口は膨大な数になり、少子化どころか爆発的人口増加の危機に直面することになるだろう。よって（NI）は非同一性の十分条件ではない。

というこの議論は正しいだろうか。あきらかなまちがいはなさそうだが、一つ疑問のある箇所がありそうだ。この議論において（NI）が非同一性の十分条件ではないという結論を導きだす主な理由は、「あなたは一人の人間である」ということである。すなわち、「あなたは一時に東京駅にいて、かつ四時に京都駅にいるが、あなた＝あなたである」ということである。これはもちろん真だが、（NI）は部分に言及しているので、これでは舌足らずだ。あなたの部分に言及する必要がある。「あなた＝あなた」は無条件に真だが、「あなたのすべての部分が東京駅にあり、あなたのすべての部分が京都駅にある」は無条件に真ではない。「あなたのすべての部分が、東京駅と京都駅に同時にある」と解釈したのでは真にはならない。「一時にあなたのすべての部分が東京駅にあり、かつ、四時にあなたのすべての部分が京都駅にある」と解釈する必要がある。つまり、（NI）に時間の要素を組み入れることが必要になるのである。

（NI^t）　何らかの場所p^1とp^2があり、$p_1 \neq p_2$であり、p^1とp^2には共通部分がなく、何らかの時間ｔについて、ｔにおけるｘのすべての部分がp^1にあり、かつｔにおけるｙのすべての部分がp^2にある。

こうすると、東京から京都へのあなたの移動は反例にはならなくなる。一時におけるあなたのすべての部分は東京駅にあり、四時におけるあなたのすべての部分は京都駅にあるが、ｔにおけるあなたのすべての部分が東京駅にあり、かつ京都駅にもあるような時点ｔは存在しないからだ。共通部分をもたない別々の場所に同時にその時点におけるすべての部分を持つ、ということは一人の人間――あるいはもっと一般的に一つの個体――には不可能であるとすれば、（NI_t）は非同一性の十分条件だといえるのである。

というわけで（NI^t）にもとづいて、アリスがやりたがる自分は二人だというふりをするということについての考察に戻ろう。

（NI^t）によれば、自分は二人だというふりをするには、自分は（NI^t）で記述されているようなxであり、かつyでもある、というふりをすればよい（そういうふりをしなければならない、と言っているのではない――（NI^t）は十分条件として提示されているのであって、必要条件として提示されているのではないからだ）。では、（NI^t）で記述されているようなxかつyであるというふりをするということはどういうことなのか。すでに見たように、自分が巨人で、東京駅と京都駅にまたがって存在しているというふりをしてもだめである。人間としてふつうのサイズの自分のすべての部分が、共通部分のない東京駅と京都駅に同時にあるというふりをすればよいのだが、それはいったいどういうことなのか。

ある日の午後一時に東京駅にいるというふりをすることは容易だと思われる。そのとき実際には広大な草原の真ん中にいたとしても、自分はそこではなく東京駅にいるというふりをすればいい。そして、そうするかわりに、自分は京都駅にいるというふりをすることも同様に容易にできるだろう。だが、その日の午後一時に自分が東京駅にいて、かつ同時に京都駅にもいる、というふりをすることはできるのか。壁に「東京駅」という文字と「京都駅」という文字が書かれている駅にいる、というふりをすることは簡単だが、それは東京駅にいるふりをするのにも、京都駅にいるふりをするのにも十分ではなく、まして、東京駅と京都駅に同時にいるふりをするのにはまったく不十分である。せいぜい、「東京駅」という文字と「京都駅」という文字が壁に書かれている駅にいる、というふりをしているにすぎない。福岡駅の壁に「東京駅」と書いたからといって福岡駅が東京駅になるわけではない。壁に「東京駅」と書かれた福岡駅になるだけである。また、東京駅と京都駅は共通部分のない駅だという事実から逸脱してはならない。そうでなければ（ＮＩ^{t}）を使っていることにならないからだ。

　実際に草原にいるときに自分は東京駅にいるというふりをするのは容易だと言ったが、そもそも、どうすればそういうふりをしたことになるのだろうか。草原には建物はないので、自分のまわりの建物のないその空間に建物があるというふりをすることになるが、あるというふりをされた建物が東京駅だというのはどう保証されるのか。壁に「東京駅」と書いてあるというだけではだめだということはすでに見た。外観が東京駅そっくりで内部も東京駅と区別がつかないような駅を想像して、そのなかに自分がいるふりをすれば十分だろうか。いや十分ではないだろう。そういう自分は、草原の真ん中に作られた東京駅のレプリカのなかにいる自分と区別がつかないからだ。いかに忠実なレプリカでも、レプリカはレプリカであり本物ではない。もし本物だったら「レプリカ」とは呼べない。自分がそのなかにいるふりをしている駅が、東京駅のレプリカではなく東京駅だと保証するためには、さらに何をしなくてはならないのか。

できるかぎりこと細かく東京駅の特徴を想像する以外の方法を見つけるのはむずかしいが、東京駅がどう見えるか、どう感じられるかなど、知覚的、感情的、情緒的な要素をいかに細かく、いかに数多く整合的に想像しても、東京駅の精巧なレプリカではなく東京駅を想像しているのだ、という保証はないように思われる。このことは、自分一人にとってどう見えるか、どう感じられるかだけではなく、万人にとってどう見えるか、どう感じられるかを総合的かつ整合的に想像したとしても、原則的には変わらない。想像は、知覚、感情、情緒レベルでの操作なので、そのレベルの要素を超えられない。ゆえに、想像によって本物とレプリカを区別することはできない。

ここで、二つの選択肢が出てくる（ほかの選択肢もあるが、それらすべてに関わっていたら何ページあっても足りない）。

（1）本物とレプリカを区別するのをやめる。

（2）想像にまかせるのをやめる。

この二つの選択肢について、それぞれ検討してみよう。

本物とレプリカを区別するのをやめるという選択肢（1）は、知覚、感情、情緒のレベルの要素以外の要素を擁するレベルを排除するという選択肢である。すなわち、知覚、感情、情緒のレベルで区別できないものは、いかなる意味でも区別できないものだとする選択肢である。別の言い方をすれば、知覚、感情、情緒のレベルを超えたリアリティーはない。もっと端的に言えば、知覚、感情、情緒のレベルがリアリティーそのもののレベルだということである。これは広い意味での「観念論」と言っていいだろう。この観念論によれば、東京駅の外観と内部の特徴を隅々まで忠実に想像すれば東京駅を想像したことになるので、そう想像された景観にさらに自分を埋めこんだ情景を想像すれば、自分が東京駅にいることを想像したことになる。そして、そう想像された世界が現実だというふりをすれば、自分が東京駅にいるというふりをしたことになる。

この観念論を受け入れると、どういうことになるのだろうか。色々とやっかいな問題に直面せざるを得なくなるのである。たとえば、知覚、感情、情緒の原因が、知覚、感情、情緒から独立したものではありえなくなるので、知覚、感情、情緒そのものの因果的説明がむずかしくなる。いまあなたには目の前に赤いイチゴが見えているとしよう。なぜそう見えるのかという質問には、ふつう「目の前に赤いイチゴがあるからだ」という答えが返ってくるだろう。そういう常識的なふつうの答えによると、イチゴは知覚されていなくても存在できるので、あなたがいったん目をそらして再び見なおしたとき同じようにまたイチゴが見えるのは、あなたの知覚とは独立にあったイチゴがまだそこにあるからだと言えることになる。

しかし、あなたがイチゴから目をそらしているあいだはイチゴの知覚がないので、観念論によればイチゴはないことになる（「イチゴの印象」のような知覚にもとづいた派生的な心的概念を導入しても話は変わらない――目をそらしてイチゴの知覚をなくすだけでなく、イチゴの印象やイチゴに関する記憶、思い出、信念その他の心的状態からすべて脱却すると仮定しても話は変わらないからだ）。とすると、ふたたび見なおしたときまたイチゴが見えるのはなぜかという質問に「イチゴがまだそこにあるからだ」と答えることはできなくなる。それどころか、あなたが目をそらした瞬間にイチゴは消え、見なおすや否やイチゴは現れる。イチゴがあなたの知覚を引き起こすのではなく、あなたの知覚がイチゴを生み出すのである。それはいかにして可能なのか。知覚者としてのあなたのそういう能力はいかにして説明されるのか。常識や物理学、心理学などの科学にうったえるのは望み薄である。常識や科学を観念論的に解釈することは非常にむずかしいからだ（たとえば、常識的な「イチゴ」の概念や物理学の「質量」の概念を、知覚その他の心的概念のみで分析することはまずできそうにない）。

　あなたのイチゴの知覚がなくなればイチゴがなくなるという観察を一般化すれば、観念論のもう一つの問題点が浮かびあがる。それは、リアリティーは知覚者に依存するので、知覚者がいなくなればリアリティーも消滅するという観念論からの帰結である。わたしたちは、歴史のなかで淘汰され社会生活において共通知識として仮定されている常識や、現時点でもっとも高い確証を受けている科学理論にもとづいて思考し、行動し、生きているが、観念論のこの帰結は、その常識と科学理論を真っ向から否定するようにみえる。なので、この帰結が受け入れられるならば、常識と科学理論にもとづく目下の思考、行動、生き方がすべて根本的にくつがえされることになると思われる。

　常識と科学理論と相容れないであろう観念論の帰結として、さらに次のことがあげられる。知覚、感情、情緒は個人によってことなるので、もし観念論が正しければ、リアリティーも個人によってことなる、つまり個人の数だけちがったリアリティーがあるということになってしまう。二人の人間が同じリアリティーを共有することはないということは、各々の人間はその人特有のリアリティーのなかにいるということなので、ある種の独我論が真だということになる。その人のリアリティーには、その人とその人の知覚しか存在しない。あなたもわたしも、それぞれのリアリティーのなかで独り相撲をとっているにすぎない。これは、あきらかに常識と科学理論に反するように思われる。

もちろん、だからといって、観念論のこれらの帰結が絶対に受け入れられないということにはならない。わたしたちの常識や科学理論にもとづいた目下の思考、行動、生き方はくつがえすに値し、再構築する必要があるのかもしれない。あるいは再構築さえダメで、まったく別の思考法、行動パターン、生き方に取って代わられるべきなのかもしれない。だが、もしそうだとしたら、どう再構築するのか、あるいは取って代わるべきなのはどういう思考法、行動パターン、生き方なのかという問題に直面しなければならない。

これは非常にむずかしい問題であり、すでに出てきたバークリーでさえ取り組もうとはしなかった。なぜなら、（おどろくべきことに）バークリーによると観念論はそもそも常識や科学理論を否定しないからだ。知覚者がいなければリアリティーもないということは観念論から帰結するが、だからといって、あなたやわたしがイチゴを知覚していなければイチゴがなくなるというわけではない。もっと一般的に言えば、あるものが人間や他の動物によって知覚されていないからといって、そのものが存在しない、リアリティーの一部ではない、ということにはならないとバークリーは主張する。しかし、どうしてそのようなことが可能なのか。観念論者であるバークリーは、いかにして整合的にそう主張できるのか。

知覚されているということとリアリティーは同値である――「esse est percipi」（存在するとは知覚されることである）――と言うバークリーにとって、とるべき選択肢は一つしかない。すなわち、人間やその他の動物に知覚されていないイチゴの存在は、人間やその他の動物ではない知覚者によって知覚されていると主張することである。そのような知覚者をバークリーは「神」と呼んだが、不必要な神学的ふくみをさけるために、ここでは「元祖知覚者」と呼ぶことにしよう。バークリーによると、常識や科学理論が仮定するリアリティーは、元祖知覚者の知覚によって保証されているというわけである。また、元祖知覚者を持ちだすことによって、リアリティーのこま切れ化を防ぎ、すべての人間や動物に共通の一つのリアリティーが保証される。わたしたちは独り相撲をとっているのではなく、本当に自分とは独立に存在する他者とまじわっていると言えるのである。

というわけで、元祖知覚者の導入は観念論者にとっては救いの神なのである（「救いの神」という言葉に神学的ふくみを読みこんではいけない）。しかし、そもそも元祖知覚者が存在するという主張はいかにして正当化されるのだろうか。そう主張すれば観念論を救えるから、という理由での正当化は本末転倒である。すぐさま「なぜ観念論を救わねばならないのか」という問いがでてきて、それには答えられないからだ。バークリー自身は、元祖知覚者の存在を観念論と常識から推論した。すなわち、こういう議論をしたのである。

1　存在しているということは知覚されているということである。

2　このイチゴは、あなたやわたしや他の人間や動物に知覚されなくても存在している。

よって、

3　このイチゴは、あなたやわたしや他の人間や動物とはべつの知覚者、すなわち元祖知覚者に知覚されている。

ゆえに、

4　元祖知覚者は存在する。

この議論の仮定1「存在しているということは知覚されているということである」は観念論の主張なので、この議論は、最初から観念論を受け入れないと受け入れられない議論である。その点で、元祖知覚者を選択肢（1）の救いの神とみなす議論と大差はない。

第2節　ふりの世界と現実世界

　ここでいったん立ち止まって、いままでの考察をふりかえってみよう。わたしたちは、アリスは自分が二人だというふりをするのが好きだというキャロルの記述に触発されて、自分が二人だというふりをするにはどうすればいいかという問いかけをした。その答えとして、たとえば東京駅と京都駅といった、共通部分なしの二つの場所に自分が同時にいる（同時に自分のすべての部分がある）というふりをすればいいと言った。では、どうすれば、自分が東京駅にいるというふりをしたことになるのか。この問いかけに答えるにあたって（広い意味での）観念論が出てきたのである。すなわち、東京駅にいるということは東京駅にいるような知覚、感情、情緒を持つことであり、東京駅にいるふりをするには、そういう知覚、感情、情緒を持つふりをすればいいという答えがでてきたのだ。しかしこの段階で、観念論に疑惑が出てきた。東京駅にいるということは東京駅にいるような知覚、感情、情緒を持つことだ、という主張が疑わしくなってきたのである。

　だがここで、この懐疑に関する懐疑――メタ懐疑――がでてくる。もし仮に、東京駅にいるということが東京駅にいるような知覚、感情、情緒を持つということではないとしても、東京駅にいるような知覚、感情、情緒を持つふりをすることは東京駅にいるふりをすることに十分ではない、ということにはならないのではないか。「東京駅にいるふりをする」という概念は、「東京駅にいる」という概念と「ふりをする」という概念を適切な形で組み合わせてできた概念ではなく、それ自体独特の概念なのではないか。そして、その独特の概念は、観念論的な概念、つまり「東京駅にいるような知覚、感情、情緒を持つふりをする」という概念なのではないか。すなわち、「東京駅にいる」は「東京駅にいるような知覚、感情、情緒を持つことである」と同値ではないにしても、「東京駅にいるふりをする」は「東京駅にいるような知覚、感情、情緒を持つふりをする」と同値だ、と言うのは整合的なのではないか。つまり、観念論は現実世界についてはまちがっているとしても、ふりの世界についてはまちがっていないのではないか。もしそうならば、東京駅にいるふりをする十分条件として観念論をもち出すのは誤りではないだろう。

このメタ懐疑はもっともであり、正面から対処するに値する。そうするためには、まず、そもそもなぜ、東京駅にいるふりをするということについての話になったのかを思いだす必要がある。二人のふりをするには共通部分なしの二つの場所に同時にいるふりをすればいい。そういう場所として東京駅と京都駅を考えれば、東京駅にいて、かつ同時に京都駅にいるというふりをすればいい。そのためには、少なくとも東京駅にいるふりをする必要がある。と同時に京都駅にいるふりもしなくてはならない。こういう文脈のなかで東京駅にいるふりをすることについての話になったのである。ということは、ふりの内容が東京駅（あるいは京都駅）に関するものだということは重要ではないということだ。その意味でメタ懐疑の動機はもっともである。

だが、ふりの内容が、共通部分をもたない二つの場所に関するものだということは重要である。東京駅で持つような知覚、感情、情緒を持ち、かつ京都駅で持つような知覚、感情、情緒を持つふりをしたからといって、二つの別々の場所にいるふりをしたということには必ずしもならない。一つの駅がそういう複雑な知覚、感情、情緒を生み出すのは不可能ではないからだ。

しかし、東京駅で持つような知覚が特定の時点で、視野の特定の部分に赤の感覚を要求し、京都駅で持つような知覚が同じ時点で、視野の同じ部分に緑の感覚を要求すると仮定したらどうか。そのような二つの要求を満たしたというふりをすれば、一つの駅ではなく二つの別々の駅にいるふりをしたことになるのではないか。その仮定のもとでは、たしかにそうなるだろう。

というわけで、「本物とレプリカを区別するのをやめる」という第一の選択肢のもとで、自分が二人だというふりをするための十分条件がでた。おたがいに相容れない知覚を持つふりをすることが共通部分のない二つの場所にいるふりをするための十分条件だという仮定のもとに、そういう知覚を持っているふりをすればいい。

さて、この十分条件に関して気づくべきことが二つある。一つ目は、おたがいに相容れない知覚を持つふりをすることが共通部分のない二つの場所にいるふりをするための十分条件だ、という仮定をすることがこの十分条件にふくまれているということである。すでに見たように、この仮定は、ふりをすることについての広い意味での観念論にもとづいている。つまり、第一選択肢にそった、自分が二人だというふりをするためのこの十分条件には、かなり実質的な仮定がふくまれているということである。この十分条件を満たすには、その実質的な仮定をするということ、すなわち、かなりの知的行為が要求されるということだ。

二つ目に気づくべきなのは、「相容れない」というのは「共存が不可能な」という意味なので、おたがいに相容れない知覚を持つふりをするということは、不可能なことをするふりをすることだということである。自分が二人だというふりをするためのこの十分条件を満たすには、不可能なことをするふりをしなくてはならない。よく考えると、これはおどろくべきことではない。一人である自分について、その自分自身が二人だというふりをすることは、1＝2だというふりをすることをふくむので、数論の定理に反することがおこっているというふりをすることだからだ。アリスがふりをしている内容は数学的に不可能な内容なのである。

「いやそうではない」と思う読者はおそらく、「一人の自分が二人である」を「一人の自分が二人になる」あるいは「一人の自分が二人の人の役割を交互に果たしている」と混同しているのだろう。一つのアメーバが（分裂して）二つになるのはごく自然に起こりうるが、一つのアメーバが二つであるなどということはありえない。「一つ」と「二つ」は、相容れない数学的概念だからだ。人間はアメーバのように分裂することはできないが、もし仮に何らかのかたちで「分裂」して二人になったとしても、「分裂」の前には一人であって二人ではなく、「分裂」後は二人であって一人ではない。

自分が二人だということが不可能ならば、自分が二人だというふりをすることも不可能だと考える読者がいるかもしれない。だが、それは性急である。一般に、不可能な内容を持つふりをすること自体は、かならずしも不可能だとはいえない。不可能な内容の思考をすることはあきらかに可能であり、思考できることならば多くの場合、それが事実だというふりをすることもできるからだ。たとえば論理学や数学のテストで、実際にはまちがいの答えを正しいと思うのは、可能であるのみならず（残念ながら）しょっちゅうあることだ。

第3節　宣言する

さてつぎに、「想像にまかせるのをやめる」という第二の選択肢（2）を見ることにしよう。知覚、感情、情緒などの心的できごとや状態に直結した想像とはまったく独立に、自分が二つの別々の場所にいるふりをするというのがこの選択肢である。特定の状況を想像することなしに、何かのふりをすることができるのだろうか。

想像という心的行為がだめなら、身体的行為ならどうか。特定の行動をするというのはどうか。そして、その行動に概念化による特定の意味付けをしたらどうか。東京駅にいるふりをするのに、東京駅にいたならば持っていただろう知覚、感情、情緒などを持っていると想像するかわりに、東京駅にいたならば行なっていただろう行為をするふりをするのである。たとえば、八重洲口の切符売り場で新幹線の切符を買うという行為をするふりをするのだ。それには何らかの行動をしなければならない。あたかも切符を買うかのように体を動かさねばならない。実際にそういうふうに体を動かしたとしよう。そうすると、実際にある行動をとったことになる。実際に東京駅の切符売り場にいるわけではないので、その行動は、実際に東京駅で切符を買う行為にはなっていない。

だが、東京駅で切符を買うふりをするという行為になっているということはありうる。そういう行為にするためには、その行動に「東京駅の切符売り場にて」という性格付けをすればいい。そしてその性格付けは、何らかの情景を想像するとかの、さらなる基盤に裏付けられていなくてもいい。そういう性格付けをされたという事実によって、その行動は東京駅の切符売り場での行為のふりであるということになるのである。

いわば、「東京駅の切符売り場にいるのだ」と自分に言い聞かせながら切符を買うような動作をすることによって、東京駅で切符を買うふりをすることになるというわけだ。その言い聞かせが、実質的な効力のある規定として働いているのである。切符を買うふりをするにあたって自分がやっている動作が、ほかのどの駅でもなく東京駅での切符購買という行為のふりを成す、と（必ずしも声に出すことなく）宣言することによって、その動作を実際に、ほかのどの駅でもなく東京駅での切符購買という行為のふりを成す動作にすることに成功しているのである。どの特定の場所にいるふりをしているのか宣言すれば、その場所にいるふりをすることができるというわけだ。その場所をほかの場所から区別するようなことを想像する必要はないし、どういう点でその場所がほかの場所から区別できるのかを言う必要もない。

そのような魔法めいた力を単なる宣言がいかにして持ちうるのか、というのはむずかしい問題だが、持ちうることは確かである。なぜなら、持ちえなかったら、ごく当たり前の完全にもっともな言語活動がくつがえされてしまうからである。例をあげよう。

「もし織田信長が本能寺で死ななかったら、戦国時代の歴史は大きく変わっていただろう」という反事実的条件文の主張を擁護、あるいは論駁するにはどうすべきだろうか。いろいろな論法があるだろうが、それらに共通なのは、まず「織田信長が本能寺で死ななかった」という(反事実的)仮定を立てることから始めるということだろう。そして、その仮定にもとづいて、これこれのことが起こっただろう、あれこれのことは起こらなかっただろう、などと話を進めるのである。これは反事実的条件文についての、まったく当たり前で、誰もが認める(べき)話の進め方である。

だがここで、最初のその仮定が織田信長と本能寺についてだということは、いかにして保証されるのだろうか。蘇我入鹿と飛鳥朝廷でも犬養毅と総理官邸でもなく、織田信長と本能寺についての仮定だということとの根拠は何なのか。蘇我入鹿と飛鳥朝廷や犬養毅と総理官邸とは区別するようなふうに、信長や本能寺を想像する必要があるのか。もちろんない。「織田信長と本能寺についての仮定だとする」という宣言をすればいい。それだけで十分である。そういう宣言を聞いて、「しかし、その宣言によってあなたの仮定がほんとうに織田信長と本能寺についての仮定になると、どうしてわかるのか」と質問するひとは、反事実的条件文の真偽について語るとはどういうことかがわかっていないひとである。

宣言のこの機能は、実際のところ反事実的条件文のみに制限されるものではない。木曜日に発せられた「もしあした高田馬場に雨が降れば、祖母は外出しないだろう」という命題が真か偽かをその日に決めるときも同様に、「あした高田馬場に雨が降るとしよう」と仮定することから始める。翌日金曜日に実際に雨が降らなければ、その仮定は反事実的仮定になるが、雨が降ればそうではなくなる。いずれにせよ、その仮定がほんとうに高田馬場についてかどうか疑うのは大変おかしなことである。

なされた仮定がほかのどの人でもなく織田信長についてだ、あるいは、ほかのどの場所でもなく高田馬場についてだ、ということが単なる（真摯な）宣言によって十分に決定されるように、ある特定のふりの行為がほかのどの駅でもなく東京駅についてのふりの行為だということは、「自分は東京駅にいるふりをしているのだ」という（真摯な）宣言で決定されるのである。知覚、感情、情緒などにまったくたよらない宣言というこの方法で自分は東京駅にいるというふりをすることができれば、二つのまったく別々の場所にいるふりをすることは、観念論などに依存することなく簡単にできるのではないか。

「東京駅にいるふりをしているのだ」という宣言で、東京駅にいるふりができるのなら、「京都駅にいるふりをしているのだ」という宣言で、京都駅にいるふりができるだろう。だがこのやり方によると、東京駅と京都駅に同時にいるふりをするためには、このふたつの宣言を同時にする必要があるように思われる。そしてもしそうならば、そのような宣言をするということは、「東京駅にいて、かつ京都駅にもいるふりをしているのだ」という宣言をすることと同じことになるのではないか。しかし、この後者の宣言は、東京駅と京都駅が共通部分をもたない別々の駅だということを知っている者にとっては、真摯にできない宣言なのではないか。「自分がいる駅は東京駅であり同時に京都駅でもある、というふりをしているのだ」とほんとうに真面目に正直に自分に嘘をつかずに宣言することは可能か。そういう言葉を発することはもちろんできるが、それを、自分のふりの行為を正確に性格付けるに十分な宣言として真摯に意図できるだろうか。もしできるならば、それは、共通部分のない二つの場所に同時に各々自分のすべての部分があるというふりをしていると真摯に宣言していることになり、論理的混乱を起こしているのでないかぎり、自分は不可能なことをしているふりをしている、と意図的に真面目に宣言していることになる。なので、観念論にたよる第一選択肢の場合と同様、不可能なことをするふりをすること自体は不可能ではないという主張を受け入れることになる。

ここで次のようなことを考える読者がいるかもしれない。もし「自分は東京駅にいるふりをしているのだ」という（真摯な）宣言をするだけで自分が東京駅にいるふりをすることができるなら、東京駅や京都駅などの特定の場所に言及することなく、「自分は共通部分をもたない二つの場所に同時にいるふりをしているのだ」と（真摯に）宣言すればいいのではないか。そうすれば、共通部分をもたない二つの場所に同時にいるふりをすることに成功するのではないのか。さらに言えば、そもそも場所などに言及せずに、最初から「自分は二人であるというふりをしているのだ」と（真摯に）宣言すればいいのではないか。そうすれば、自分は二人であるというふりをすることに成功するのではないのか。

この考えは一見もっともそうに見えるが、（真摯な）宣言の力を過大評価している。単に（真摯に）宣言することによっていかなるふりもできてしまう、というわけにはいかない。たとえば、あきらかに怒った顔つきをしながら「わたしは笑ったふりをしている」と（真摯に）宣言したとしても、それだけで笑ったふりをしていることに成功するわけではない。直立不動の姿勢を保ったままで「わたしは歩くふりをしている」と（真摯に）宣言したとしても、それだけで歩くふりをしていることに成功するわけではない。怒った顔つきをしながら自分は笑っていると想像することや、直立不動の姿勢を保ちながら自分は歩いていると想像することはできる。だが、単に頭の中で想像するだけでは「ふり」をしていることにはならない。「ふりつけ」という言葉から連想されるように、何らかのしぐさ、体勢、または表情が伴わなければ、これこれのふりをしているということにはならない。

（真摯な）宣言は、適切なしぐさがなされているという状況のもとで、そのしぐさが特定の対象に関係した特定の種類のふりのしぐさであって、別の対象に関係したふりや別の種類のふりのしぐさなのではない──たとえば、東京駅内で切符を買うしぐさであって京都駅内でお土産を買うしぐさではない──ということを保証するのである。ふりをするにあたって（真摯な）宣言は、無数の選択肢から特定の個体と特定の行為種類を選び出す役割を果たすのであって、そのようなユニークな選出以上の力はない。ふりをするにあたって（真摯な）宣言がなされても、適切なしぐさなしには、そのふりの成功は保証されない。適切なしぐさが伴ってはじめて宣言の力が発揮されるのである。

第4節　同時に同じ場所にいる二人

ここまでは、アリスがしたいこと——自分は二人だというふりをすること——をするための十分条件は何かということの話をしてきたが、では必要条件についてはどうだろう。自分は二人だというふりをするために、ぜひともしなければならないことがあるのだろうか。あるならば、それはどんなことなのだろうか。

同時に二つの別々の場所にいるというふりをするということが十分条件だということはもっともだが、では、それは必要条件でもあるのだろうか。もしそうならば、自分が同時に二つの別々の場所にいるというふりをしなければ、自分が二人だというふりをすることはできないということになる。つまり、自分は同時に二つの別々の場所にいるのではないが二人である、というふりをすることは不可能だということになる。話を簡単にするために、同じではないが共通部分を持つ場所については考えず、まったく同じ場所について考えよう。同時に同じ場所にいる二人の自分のふりをすることは可能だろうか。

アリスがしたように、自分にアドバイスしたり、自分を叱ったり、自分に叱られて泣いたりしても、同時に同じ場所にいる二人のふりをしていることにはならない。一人の人間が自分自身にアドバイスし、かつ同時にそのアドバイスを聞くということは可能だし、多くの人が実際にしていることだろう（自分を叱ったり、自分に泣かされることについても同様である）。

いやそうではない、と言いたい読者がいるかもしれない。アドバイスを与える自分とアドバイスを受ける自分は同じ一人の自分ではなく、別々の二人の自分だと言いたい読者である。その根拠は何なのだろうか。なぜ、そう言いたくなるのだろうか。

そう言いたくなる根拠としてまず思い浮かぶ軽率な原理は、「一人の人間は、二つのことを同時にはできない」という一般原理である。アドバイスを与えるという行為とアドバイスを受けるという行為は二つの行為なので一人の人間にはできない、というわけである。だがこの原理が軽率であり、とうてい受け入れられないものだということはあきらかだ。歩きながらガムをかむことができない人間は少ない。歩くという行為とガムをかむという行為を同時にすることは可能だということはあきらかなので、この原理はあきらかに偽である。ならばすべての行為のペアではなく、特定の関係にある行為のペアに限定された原理はどうか：「一人の人間は、Ｒの関係にある二つのことを同時にはできない」。このように考えを発展させた場合、問題は、このＲとはどういう関係なのかということである。

まずあきらかなのは、「Ｒとは、同時遂行不可能性の関係である」、すなわち、「行為c_1と行為c_2がＲの関係にあるのは、一人の人間がc_1とc_2を同時におこなうのが不可能である場合、そしてその場合にかぎる」という答えは受け入れられないということである。理由は簡単だ。論点を先取りしているからである。アドバイスする自分とアドバイスされる自分は別々の二人の人間だと主張する根拠として、「一人の同じ人間がアドバイスを与え、かつ同時にそのアドバイスを受けるということなどできない。なぜなら、一人の人間はRの関係にある二つの行為を同時にすることができないからである。そしてRの関係とは、一人の人間がそれらの行為を同時にできないという関係である」という理由をあげるのが論点先取なのはあきらかだ。

Rを相容れない空間的位置を強要する関係とする、すなわち、「c_1とc_2がRの関係にあるのは、c_1をおこなっている人は誰でも、c_2をおこなっている人がいる場所とは共通部分がない場所にいる、という場合、そしてその場合にかぎる」とすればどうだろう。これには、すでに検討した状況に当てはまるという利点がある反面、すでに検討した状況を超えないので現状打破の考えを生まないという欠点もある。

では、相容れない空間的位置のかわりに、相容れない遂行様相を強要する関係としてRを性格づけることを念頭におき、次のように言ったらどうだろう：「c_1とc_2がRの関係にあるのは、c_1とc_2が一つの行為の能動態と受動態である場合、そしてその場合にかぎる」。残念ながら、これはだめである。たたくのは能動態の行為で、たたかれるのは受動態の行為だが、自分で自分自身の頬をたたくことは可能だからだ。では、そういう身体的な意味での能動・受動の区別ではなく、心理的な意味での区別ならどうか。アドバイスを与えるというのは心理的な意味での能動性を必要とし、アドバイスを受けるというのは心理的な意味での受動性を必要とするように思われる。アドバイスを与えている人物は、アドバイスの的である誰かのほうへ心が向かっていて、その誰かへ何らかの言葉を発するという意図を持つ。いっぽうアドバイスを受けている人物は、アドバイスの源である誰かのほうへ心が向かっていて、その誰かからの言葉を受け取るという意図を持つ。こういう心理的な意味での能動性と受動性は、一人の人間にとって同時に発揮することはできないものなのではないか。もしそうならば、「c_1とc_2がRの関係にあるのは、c_1とc_2が一つの行為の心理的能動性と心理的受動性をそれぞれ要求する場合、そしてその場合にかぎる」と性格づけられたRにもとづいて理解された「一人の人間は、Rの関係にある二つのことを同時にはできない」という原理は、アリスの助けになるだろう。

第5節　自分自身との非同一性

では、心理的能動性と心理的受動性はほんとうに、同時に起きた場合、二人のひとを必要とするのだろうか。何かほかの例をとるよりも、直接アドバイスについて考えよう。心理的能動性は的になる何か（誰か）を必要とするが、誰かにアドバイスをする場合、その誰かを念頭においていなければならない。アリスが誰かにアドバイスをしているふりをしている時点をtとすれば、アリスはtでその誰かを念頭においているふりをしている。アリスがしているふりの中でアドバイスをしていることになっているアリスをx、xが念頭においていることになっている誰かをyとすれば、tでアリスがアドバイスをしているふりをするためには、tでアリスは自分はxだというふりをしなければならない。だがxはtで能動性を発揮しており、同時に受動性を発揮することはできないので、tで受動性を発揮しているyはxではない、つまりx≠yである。というのが、アリスは自分が二人だというふりをするのに成功しているという主張を擁護する議論だが、この議論は正しいのだろうか。

この議論について一つ疑問がある。それは、もしtで能動性を発揮しているxがtで受動性を発揮しているyではないのなら、tでxが念頭においているのはyだけなので、tでxが念頭においているのはxではないということが帰結する。だがtでアドバイスをしているのはアリスなので、xはアリスである。よって、tでアリスが念頭においているのはアリスではないということになる。すなわちtでアリスがやっていることは、アリスにアドバイスをしているということではない。にもかかわらず、アリスは自分自身にアドバイスをしていることになっている。つまり、tでアリスはアリスにアドバイスをしているのではないが、自分自身にアドバイスをしている。このような内容を持つふりを、アリスはしているということになる。

同じことを、「tで受動性を発揮しているyがtで能動性を発揮しているxではない」からはじめてyに関して言えば、tでアリスがしているのは、アリスからアドバイスを受けているのではない——つまり、tでアリスはアリスからアドバイスを受けているのではないが、自分自身からアドバイスを受けている——という内容を持つふりをアリスはしている、ということが導きだされる。

つまり、アリスはアリスにとって自分自身なので、能動性と受動性のいずれについての考慮によっても、アリスのふりの内容は不可能な内容だということが示されるのである。

この不可能性の根底には、自分自身に対して非同一性という関係を持つということの不可能性がある。これは、「自身」という概念がすでに同一性をふくむ概念だからにほかならない。ある人物をxとし、「自身」という概念をxに当てはめて「x自身とは誰か」と問うとすれば、その問いの答えは、あきらかに「xである」となる。それに「自分」という一人称概念をかさねたのが「自分自身」の概念だ。アリスがアリスを自分自身として見るということは、アリスがアリスを自分と同一な者として見ることである。すなわち、アリスがxを自分自身として見るとき、アリスは「x＝わたし」と「x＝x」を肯定しているのである。それにくわえて、それと同時にアリスがyを自分自身と見るならば、アリスは「y＝わたし」と「y＝y」を肯定しているので、「x＝y」にコミットすることになる。そういう状況下で、xとyは二人だ——すなわち「x≠y」だ——というふりをしているアリスは、「x＝y」にコミットしつつ「x≠y」だというふりをしているのである。そういうふうになされたふりの内容は、論理的に不可能なのである。

しかし、すでに見たように、ふりの行為が不可能な内容を持つからといって、そのふりの行為をすること自体が不可能なことだということにはならない。たとえ、その不可能性が論理的不可能性だとしてもである。自分自身が二人だというふりをすることが、論理的に不可能な内容を持つふりの行為をすることだとしても、アリスがそういうふりをすることが不可能だということにはならない。

第10章

ごっこ遊び

「子猫ちゃん、チェスできる？　ねえ、笑わないで、可愛い子ちゃん。まじめに聞いてるんだから。だって、いまチェスしていたのを、さもわかったような顔で見ていたし、『チェック！』と言ったらゴロゴロのどを鳴らしたでしょ！　あのね、あれはうまいチェックだったのよ、子猫ちゃん。あの嫌なナイトがわたしの駒を蹴散らさなかったら、ほんとうに勝っていたかもしれなかった。可愛い子猫ちゃん、──ごっこしましょ」。ここで「──ごっこ」の例をあげよう。アリスは「ごっこしましょ」で終わる誘いの言葉が得意だったので、しょっちゅう口にしていた例が山ほどある。前日も「王様・女王様ごっこしましょ」と言いはじめるやいなや、お姉さんとかなり長い口論になってしまった。几帳面な性格のお姉さんが二人だけではできないと理屈を言ったので、アリスは結局「じゃあ、お姉さんが王様か女王様になって、わたしがその他全員になる」と言うしかなかった。また、「保母さん！　わたしが腹ペコのハイエナのふりをするから、骨になったふりをしてちょうだい！」と年よりの保母の耳元で突然叫んで、その保母をゾッとさせたこともあった。……

「ねえ子猫ちゃん、鏡の家のなかに入れたらいいね！　だって、とってもすてきなものがたくさんあるはずよ！　どうにか鏡の家のなかへ入れるふりをしましょ、子猫ちゃん。鏡がガーゼみたいに柔らかくなって通り抜けられるふりをしましょ。あれっ、もやもやってなってきた、ほんとに！　通り抜けられる――」

『鏡の国のアリス』第1章「鏡の家」140―143ページ

第1節　ふりふたたび

二人のふりをしたときのように、ここでもまたアリスはふりをしている。お姉さんとのふりごっこでは「その他全員」のふりをするとさえ言っている。腹ペコのハイエナのふりをするのは、さほどむずかしくないかもしれないが、かわいそうなのは骨のふりをさせられる保母である。

ハイエナは動物なので動き回る。ほかの動物とはちがった特有の動きをするとすれば、その動きをまねることによってハイエナのふりをすることができるだろう。しかし骨は動き回らない。特有の動きなどない。では、いかにして骨のふりをしたらいいのか。ただ体をまっすぐにして横たわって何もしなければ、骨のふりをしていることになるのか。もちろん、ならない。ダイコンやゴボウのふりをしていることと区別がつかないからだ。「骨」と書いた標識のある檻《おり》のなかに体をまっすぐにして横たわるとか、骨のコスチュームを着るとかするよりほかに方法はないかもしれない。

自分の家のマントルピースの上にある大きな鏡の向こう側にあたかも存在するかのように見える「鏡の家」へ入るふりをしていたら本当に入ってしまった、というのがこの話の始めだが、これはハイエナのふりをするとか骨のふりをするのとはわけがちがう。これこれの種類のものであるふりをするのではなく、これこれの行為をするふりをするのである。自分が不可能な状況にあるふりをするという点では同じだが、不可能性の種類がちがう。

第2節　ハイエナのふり

人間であるアリスがハイエナのふりをするということは、ハイエナのように振る舞っている人間のふりをするということではない。実際には人間であるアリスが、自分は人間ではなくてハイエナだというふりをするということである。実際の状況が成り立っている世界をこれまでどおり「現実世界」と呼び、ふりの内容が成り立っている世界を「ふりの世界」と呼べば、現実世界ではアリスは人間であってハイエナではなく、ハイエナのふりの世界ではアリスはハイエナであって人間ではない。現実性は（形而上的）可能性を含意するので、現実世界は（形而上的）可能世界である。だが、ハイエナのふりの世界は可能世界ではない。現実に人間であるアリスにとって、人間ではなくハイエナであることは不可能だからだ。人間が徐々に生物学的変貌をとげていって最後にハイエナになるということは可能かもしれない。すなわち一つの可能世界で、ある人間がハイエナに変貌するということはあるかもしれない。だがもしそういう可能世界があるとしても、それは現実世界で人間である者がハイエナである――生まれたときからハイエナである――ような世界ではない。

ある可能世界wにハイエナがいて、そのハイエナが現実世界でアリスが持つ記憶を持っていたとしよう。いかなる時点tといかなる行為cについても、もし自分はtでcをしたという記憶をアリスが現実世界で持つならば、そのハイエナも自分はtでcをしたという記憶をwで持つ。とすれば、そのハイエナはｗにおけるアリスだと言えるのではないのか。いや、そう簡単ではない。

　現実世界でのアリスは、たとえば「わたしはこれこれのとき二本足で歩いて学校へ行った」とか「わたしはこれこれのとき午後のお茶でクランペットとスコーンを食べながら英語で会話をした」とか「わたしはこれこれのとき鏡を見て髪をとかした」といった正しい内容の記憶を持つが、同じ内容の記憶をハイエナが持つのならば、それはまちがった記憶である。ハイエナは二本足で歩いたり、学校へ行ったり、お茶をしたり、クランペットやスコーンを食べたり、英語で会話をしたり、鏡を見て髪をとかしたりしないからだ。現実世界でアリスがしたことを内容とする記憶を持っていたとしても、もしその記憶がまちがった記憶ならば、ｗのそのハイエナがアリスだと言うのはおかしなことではないだろうか。

　だがしかし、次のような反論がありうる。ｗがふりの世界だとすれば、アリスがそれであるようなふりをするハイエナは二本足で歩いたり、学校へ行ったり、お茶をしたり、クランペットやスコーンを食べたり、英語で会話をしたり、鏡を見て髪をとかしたりするハイエナであっていいのではないだろうか。もしそうならば、ｗでのそのハイエナの記憶はまちがってはいない。ｗは、ハイエナがそういう人間じみたことをするような世界だということにすぎないのであって、そのハイエナがアリスでないということにはならない。アリスはｗでハイエナとして存在するのである。

　この反論は一見もっともだが、よく考えると大きな穴があることがわかる。現実のアリスが現実世界で持つ記憶と同じ記憶を、このハイエナが自分自身の正しい記憶としてｗで持つならば、このハイエナは現実世界でのアリスと同じことをｗでしていることになる。それどころか、現実世界でのアリスと同じ人間の少女の容姿をしていることにさえなる。ｗのハイエナは、現実世界でアリスが鏡に自分の姿を見た記憶も真の記憶として所有しているので、現実世界のアリスと同じ容姿をしていることになるからである。つまり、ｗにおけるこのハイエナは現実世界におけるアリスと区別がつかないことになる。それ以外に関しては両者の世界のあいだにちがいはないと仮定すれば、ｗと現実世界は区別がつかないことになる。だがｗは、アリスがハイエナのふりをしているときにアリスがしていることが本当に起こっているような世界だということになっている。現実世界でアリスはハイエナではないので、ｗは現実世界ではない。にもかかわらずｗと現実世界のあいだには区別がつかない。これはおかしいではないか。一般に、ｘとｙのあいだに区別がつかないにもかかわらずｘはｙではない、ということはありえないのではないか。

いや、それはｗを誤解している、という再反論があるだろう。ｗのハイエナが現実世界のアリスの記憶を自分自身についての正しい記憶として持つというのは、そのハイエナがほかならぬアリス自身である、すなわち現実世界のアリスはｗにも存在しｗではハイエナである、ということを裏付けるための条件として仮定されているのであって、アリスが現実世界で持つ記憶のすべてをハイエナがｗで持つ必要はない。ハイエナがアリスだということが保証される最低限の記憶さえ確保されていればいい。たとえば、これこれの時間にお茶を飲んだという記憶はなくてもいい。特定の時間にお茶を飲むということはアリスにとって本質的なことではない——その時間にお茶を飲まなくてもアリスはアリスでありうる——からだ。また、wでのアリス（すなわちハイエナ）はハイエナらしい行動をとることが期待されているので、wのその部分は現実世界とはあきらかに区別されねばならない。つまり、現実にはハイエナでないアリスがハイエナであることになっているwは、現実世界とちがうことが要求されるわけである。アリスは現実世界とwの両方に存在し、現実世界では人間の少女で、wではハイエナである。wのハイエナがアリスであるということは、現実世界でのアリスの記憶のうちアリスにとって本質的な——アリスをアリスたらしめる——ことがらについての記憶をそのハイエナがwで持つという仮定によって保証される。

　この再反論はかなり説得力があるように思われるが、その説得力は、ひとつ重要なことがうやむやにされているという事実からきている。アリスにとって本質的なことがらとは何か、という重要な問題がうやむやにされているのである。すでに出てきた例、すなわち、二本足で歩く、学校へ行く、午後お茶をする、クランペットやスコーンを食べる、英語で会話をする、鏡を見て髪をとかす、などの行為はたしかにどれもアリスにとって本質的ではない。このようなことをしなくても、たしかにアリスはアリスでありうる。では何がアリスにとって本質的なのか。何が欠ければアリスはアリスでなくなるのか。これがはっきりしていない。アリスは人間ではなくハイエナであっても、そのことがらについての誤りない記憶を持っていればアリスでありうるというようなそういうことがらとはいったい何なのか、ということがはっきりしていない。自分が人間でなくては誤りなしに持つことはできないような記憶は、もちろん排除される。人間でなくハイエナでも誤りなしに持てるような記憶でなければならない。だがそうだとすれば、アリスであるということを保証するような誤りのないそのような記憶などないように思われる。少なくとも論証責任は、そういう記憶がないと主張する側よりも、あると主張する側が担うべきだと思われる。

第3節　骨のふり

アリスは保母に骨のふりをするよう要求する。保母の名前はわからないが、ここでは「メリー」と呼ぶことにしよう。ハイエナのふりをするよりも骨のふりをするほうがむずかしい。すでに見たように、ただ身体を棒状にして横たわっているだけでは骨のふりをしたことにはならない。骨のふりをするということは、ダイコンのふりをする、またはゴボウのふりをするということと同じことではないので、後者のふりをしていると解釈されえないことをしなければ骨のふりをしたことにはならない。ハイエナは少なくとも動物なので、行動するし意識もある程度あるだろう。だが骨は行動するわけでもなく、意識もないだろう。人間とはちがい過ぎるので、現実に人間であるメリーにとってそのふりをするのは容易ではない。

（形而上学の話をしているこの場所で「骨に意識がないとどうしてわかるのか」などという認識論の質問をするのは、おかどちがいだ。一般的に言って、区別すべきものを区別しないのは混乱のもと以外の何ものでもないし、特に形而上学と認識論を区別しない分析哲学的考察は、百害あって一利なしである。）

またハイエナの場合とちがって、骨は記憶をもたないし、それ以外の心理的状態にもありえないので、ある特定の記憶または心理状態を確保することによってメリーであることを保証することなど最初から問題外である。なので、骨のふりの世界を考えたとき、その世界に存在する骨がメリーである——現実世界で人間であるメリーである——ということを確立するのは、ハイエナのふりの世界の場合よりさらにむずかしそうに思われる。

となると、骨のふりをすることは不可能だということになってしまうのだろうか。現実に人間であるメリーにとって、自分が骨であるということはたぶん不可能なことであろう。しかしだからといって、自分が骨であるふりをすることが不可能だということにはならない。すでに繰り返しみたように、不可能な内容の事態に関して、その事態がおこっているというふりをすることは不可能ではないかもしれないからだ。ちょうど、ネイピア数に2をかければπになるということは不可能だが、それが（特定の試験問題の）正解だと思い込むことは可能だということと似ている。

メリーにとって自分は骨だというふりをすることは、じつはとても簡単なことなのだ（前の章で検討したことを思いだそう）。自分がこれこれだというふりをするということは、そのふりをする自分の一存にかかっているという事実を踏まえれば、どうすればいいかは、おのずとあきらかになる。骨のようにまっすぐな姿勢を維持しつつ「目下わたしは自分が骨だというふりをしている」と（真摯に）宣言すればいいのである。この宣言によって、ダイコンやゴボウやバットのふりをしているという可能性が排除される。現実世界とふりの世界に存在するふりの主体の同一性も、「ふりの世界があって、その世界にわたしが存在し、その世界でわたしは骨である」と（真摯に）宣言すれば保証される。声に出して宣言する必要はない。自分自身に内的に宣言するだけで十分である。ふりに適切な行為がともなっているかぎり、ふりの内容は純粋に約定されうるので、それでいいのだ。

もどって言えば、ハイエナのふりをするのも同じように、適切な行為をすると同時に宣言による約定をすればそれでいい。誤りのない記憶云々、アリスとしての同一性云々、といった問題をいちいち気にする必要はない。ふりの世界に存在するのは自分であり、その世界で自分はこれこれだ、ということを決定するのはアリス自身なのである。

もう少し正確に言うと、現実世界以外の世界は数多く（無限に数多く）あり、そのうちのいくつかの世界にはメリー（あるいはアリス）が存在し、メリー（アリス）が存在する世界のうちのいくつかでメリー（アリス）は骨（ハイエナ）ではなく、別のいくつかでは骨（ハイエナ）である。この後者の世界をふりの内容として提示しようという決断をくだすのはメリー（アリス）の自由であり、「わたしは目下自分が骨（ハイエナ）だというふりをしている」と宣言することによってメリー（アリス）はその決断をくだしているのである。どのような世界を選び出すかは選ぶ人の自由なのである

（前章では、真摯な宣言には、ふりの世界において特定の個体と特定の行為種類を約定する力があるということを見たが、ここでのポイントは、特定の個体種類を約定する力もあるということなのである）。

もちろん、だからといって選び出された世界が（形而上的）可能世界かどうかが、その人の自由になるわけではない。メリーやアリスの場合、骨のふりの世界にしてもハイエナのふりの世界にしても、選び出された世界はいずれも不可能世界である。

世界が不可能世界だというのは、その世界が存在するのが不可能だということではない。その世界で起きていることが現実化するのが不可能だということだ。世界そのものは存在するが、現実世界がその世界のようであるのは不可能だということだ。オランダの版画家M・C・エッシャー（一八九八―一九七二）は、ありえない状況を明確に描写する多くの作品で有名だが、それらの作品がありえないわけではない。作品はもちろんちゃんと存在するのであり、ありえないのは作品が描写している状況である。その状況が不可能なのであって、作品そのものが不可能なのではない。同様に、不可能世界はそれ自体が不可能なものなのではなく、そこで起きていることが、起きるのが不可能なことなのである。

現実世界や可能世界さらに不可能世界など、これまで諸々の世界について色々なことを言ってきたが、ここでちょっと立ち止まって、「世界」という概念について復習しておくのがいいだろう。

まず、世界wと、wで起きていることの全体Aを混同してはいけない。w = Aではない。これをはっきりと理解するためには、世界を時点と類似的に見ればいい。時点を、その時点で起きていることと混同する人はいないだろう。ある特定の時点tに色々なことが起きているとする。それら起きていることの全体をBとすれば、Bはtにおいて起きているのであって、tと同一なわけではない。つまり、Bとtの関係は「……は……において起きる」であって「……＝……」ではない。時間のかわりに空間を使ってもいい。ある特定の空間sに起きている色々なことの全体をCとすれば、Cはsで起きているのであって、sと同一関係にあるのではない。

世界は、ものごとがそれに相対的に起きるような、ある種のパラメーターであり、分析哲学では「インデックス」と呼ばれるということはすでにみた。空間や時間も同じ意味でのインデックスだということも思いだそう。たとえば、あなたがワルツを踊るというできごとは、ただ起きるのではなく、ある特定の時間にある特定の場所である特定の世界において起きるのである。肺呼吸する魚がいるという状況は、ただ成立するのではなく、ある特定の時間にある特定の場所である特定の世界において成立するのである。

時間、空間（場所）、世界は、できごとが起きたり状況が成立したりするためのインデックスだということなのだが、そのなかで世界は、命題が真理値を持つためのインデックスとして理解することもできる。一七〇七年の富士山の噴火というできごと、または二七〇七年に地球の大気が酸素をふくむという状況のかわりに、「一七〇七年に富士山が噴火した」という命題、または「二七〇七年に地球の大気は酸素をふくむ」という命題について語ることができる。「一七〇七年に富士山が噴火した」とか「富士山の噴火というできごとが一七〇七年に起きた」と言うかわりに「一七〇七年に富士山が噴火した、という命題が真である」と言えるし、「二七〇七年に地球の大気は酸素をふくむ」とか「地球の大気は酸素をふくむという状況が二七〇七年に成立する」と言うかわりに「二七〇七年に地球の大気は酸素をふくむ、という命題は真である」と言える。実質的に同じことを、命題という対象に関する言明で言いあらわしているのである。命題は真理値を持つ——すなわち真だったり偽だったりする——対象だが、ただ単に真だったり偽だったりするのではなく、ある特定の世界に相対的に真だったり偽だったりするのである。そして、それに相対的に命題が真理値を持つような何かとしての世界は、それ自体はもちろん命題とは別物である。

真であることが不可能な命題は、いかなる可能世界でも真ではないが、何らかの不可能世界では真である。そういう不可能世界があるのだ。不可能世界そのものが存在不可能だったならば、真であることが不可能な命題は、いかなる世界に相対的にも偽だということになってしまう。そうならば、不可能世界について語る意味がなくなってしまう。不可能世界について真面目に語るかぎり、起こりえないできごとや成立しえない状況や真でありえない命題とは別の何か——インデックス——として不可能世界（そして可能世界もふくめた世界一般）を捉える必要がある。

第4節　鏡を通り抜けるふり

ハイエナや骨のふりをするのとはちがって、鏡を通り抜けるふりをするためには、自分が人間でないというふりをする必要はない。人間である自分にとって実際は通り抜けられない鏡が、人間でも通り抜けられるものだというふりをすればいいだけである。それは、鏡が実際の性質とはちがった性質を持つというふりをすることだ。鏡はガラスの片面に銀やアルミのメッキをしたものであり、ガラスはもともと液体がガラス転移をおこして準安定化した非晶質なので、人間が（たとえば流れ落ちる滝のような）液体を通り抜けられるようにガラスも通り抜けられるということは実際にはないが、人間がハイエナであるということほどに不可能なことではないだろう。

だがアリスが鏡の国を冒険するためには、鏡を通り抜けるだけではだめである。通り抜けて、鏡に映っていた景色に囲まれたまったく別の領域に達する必要がある。そういう領域に入らなければならない。それは、実際にはない「鏡の向こう側の現実」とでもいえるような領域であり、そのような領域に自分を置くふりをし、さらにそこでいろいろな活動をするふりをするには、その領域——鏡の国——にかんしてかなり詳細な想像をする必要がある。そんなアリスを描写するキャロルは、鏡の国に最低限の一貫性をもたせるべく、そこで起きるできごとをチェスのゲームになぞらえて語る。

チェスのゲームの内容に不可能なことは特にないが、使われる駒が自分自身の自由意志で動き回るというのはチェスのゲーム内のできごととしてはきわめて異常である。駒を動かすのはふつうチェスプレーヤーだが、キャロルの語りには、駒とは別の、駒をあやつるプレーヤーはでてこない。と同時に、すでに見たように、自分が誰かほかの人の夢の登場人物以外の何者でもないのではないかという疑いをアリスに抱かせる箇所がいくつかあり、それは、誰かにあやつられ、その誰かがプレーをやめれば駒としての自分の存在が失われるというチェスの駒の運命をにおわせる役目をはたしている。

第11章

変わっても同じ

アリスは扇子と手袋をひろって、廊下はとても暑かったので自分を扇子であおぎながら話しつづけた。「まったくもう！　今日は何もかも奇妙きてれつ！　昨日はふつうだったのに。わたし夜中に変わってしまったのかな。待てよ——けさ起きたときは同じだった？　すこしちがう感じがしたのをおぼえているような気がする。でも、もし同じでないなら、いったい全体わたしは誰なわけ？　うーん、これは難問！」そして、自分と同い年の知っている子供たちみんなのことを考え始めた。そのなかの誰かに変わってしまったのではないかと思って。「わたしはエイダじゃないのはたしか」アリスは言った。「だって、エイダの髪はながーいくるくる巻きになってるけれど、わたしの髪は全然くるくる巻きなんかじゃないもの。メイブルでもない。だって、わたしはいろんなことを知っているけれど、メイブルはほんとうに何も知らない。それに彼女は彼女で、わたしはわたし——うわー、こんがらがってきた！……」。

『不思議の国のアリス』第2章「涙のプール」22—23ページ

第1節　別人になる

アリスは、昨日はふつうの日だったのに今日は奇妙きてれつなので、自分がちがう人になってしまったのではないかと思いはじめている。昨日と今日のちがいを、昨日の自分と今日の自分のちがいで説明しようとしているわけだ。これは、もちろん正常の説明のしかたではない。その異常さが、結局アリスに「うわー、こんがらがってきた！」と言わせるに至るのである。

まず、ちがいの概念について一つはっきりさせておかねばならない。それは、「ちがう」には二つのことなる意味があるということだ。

「ちがう」の一つの意味では、髪を切る前のあなたと切った後のあなたはちがうし、心配事について朗報を聞く前のあなたと聞いた後のあなたはちがう。長かった髪が短くなり、不安だった心が歓喜でみたされる。これは、あなたの性質（property または attribute）に関するちがいだ。「髪が三十センチである」という性質を持っていたがその性質がなくなり、「髪が十五センチである」という性質がなかったがその性質を持つようになる。「不安である」という性質を持っていたがその性質がなくなり、「よろこんでいる」という性質がなかったがその性質を持つようになる。いずれの場合でも、当初の性質を持っていた、あるいは持っていなかったのはあなたという一個人である。正午に「髪が三十センチである」という性質をあなたが持っていて、その日の午後三時に「髪が三十センチである」

という性質をわたしが持っていないからといって、その三時間のあいだにあなたが髪を切った、つまりあなたが変わったということにはならない。第一の意味での「ちがう」あなたになったということにはならない。そうなるためには、正午のあなたと三時のわたしをくらべるのではなく、正午のあなたと三時のあなたをくらべる必要がある。ことなった時点でくらべるのは別々の人物ではなく、同一人物である必要がある。

そこで言う「同一」の概念の否定「同一でない」が、「ちがう」の第二の意味である。この意味では、正午のあなたと三時のあなたは、どちらもあなたなので、ちがわない。正午のあなたと三時のわたしはちがう。正午のあなたと正午のわたしもちがうし、三時のあなたと三時のわたしもちがう。また特に時点に言及しなくても、あなたとわたしはちがうと言える。あなたとわたしは二人であって、一人ではない。この第二の意味での「ちがう」は端的に「≠」であらわされる。あなた≠わたし、なのだ。

アリスが言う「変わってしまった」というのは、この第二の意味での「ちがう」ひとになってしまったということである。第9章でのように、ここでも「≠」の概念が中心的な役割をはたすが、もちろん第9章のように二人のふりをするということではなく、別の個人になるということが問題になっている。アリスはその問題にやっきになっているのだが、この章でわたしたちは、自分が別の個人になることは可能かどうかという問題を直接取りあげることはしない。そのかわり、自分が別の個人になることの必要条件は何か、十分条件は何か、という問題に取り組むことにしよう。

第2節　別人にならない

まずアリスは、自分はエイダになってしまってはいないと自分に言い聞かせ、その根拠として、エイダのくるくる巻きの髪と、自分のくるくる巻きでない髪をあげる。つぎに自分はメイブルになってしまっているのでもないと言い、その根拠として、メイブルの無知と自分の有識をあげる。アリスはここでかなり抽象的な議論をしている。一つの同じ議論形を二つの例に適用して、「自分はエイダになっていない」と「自分はメイブルになっていない」という結論を出しているのである。その議論形がこれだ。

（1）もし何らかの性質Pについて、ある時点tでxはPを持つがyはPを持たないならば、tで x ≠ y である。

（2）ある性質Pについて、現時点でxはPを持つがyはPを持たない。

よって、

（3）現時点で x ≠ y である。

ゆえに、

（4）yはxになっていない。

Pを「髪がくるくる巻きである」という性質とすればエイダについての議論になり、「無知である」という性質とすればメイブルについての議論になる。いずれにしても、基盤になるのは仮定(1)だということはあきらかだ。

そして、この仮定(1)が自明の理だということもすぐわかる。もしx＝y、すなわち、xとyが一つの同じ個体ならば、xについて言えることは当然yについても言えるので、どんな性質Pをとっても、xについて「Pを持つ」が言えれば、yについても「Pを持つ」が言える——つまり、xがPを持てばyもPを持つ。ゆえに、xが持ちyが持たない性質Pがあれば、x＝yではない。

ちなみに、この自明の理は、第9章でも暗黙のうちに仮定されていた。東京駅と京都駅は共通部分を持たない二つの場所だという前提のもとで、もしtにおけるxのすべての部分が東京駅にあり、tにおけるyのすべての部分が京都駅にあるならば、Pを「東京駅にいる」という性質とすれば、xはPを持つがyはPを持たない。よって、x≠yである。Pを「京都駅にいる」という性質だとすれば、xとyを逆にするだけで同じ結果が得られる：yはPを持つがxはPを持たないので、y≠xである。

このように基盤になるのは仮定(1)だが、仮定(2)も軽視してはいけない。今日エイダは「髪がくるくる巻きである」という性質を持つがアリスは持たない、という仮定が支持できなければ、アリスの議論は全体として支持できない。ではアリスがこの仮定を信じる理由は何か。その理由の一部は、自分の髪を見て(または、さわって)それがくるくる巻きでないということを確証しているという事実である。だが、ここで大きな問題がもちあがる。

第3節　自分の継続

その問題が、アリスに「彼女は彼女で、わたしはわたし――うわー、こんがらがってきた！」と言わせるのである。「別の人になる」ということに関して、こんがらがるに値する大きな問題にアリスは気づいているのである。

アリスは仮定（1）と仮定（2）にもとづいて自分がエイダになってはいないと結論しようとしており、仮定（2）の根拠として、エイダの髪はくるくる巻きだが自分の髪はそうではないと言うのだが、なぜそれが仮定（2）の根拠になるのか。昨日同様今日も自分は髪がくるくる巻きでない、という根拠にもとづいて自分は今日エイダになってはいないと結論するのは妥当か。

（5）今日、エイダは髪がくるくる巻きである。
（6）今日、わたしは髪がくるくる巻きではない。
よって、
（7）今日、わたしはエイダではない（わたし≠エイダ）。

自分の髪を見たりさわったりすることによって、（6）を確証するのはいいとしよう。だが（5）

はどうやって確証するのか。昨日まで髪がくるくる巻きだったから、今日も髪がくるくる巻きなはずだと言えばいいのか。いや、だめだ。髪のカールの有無や度合いは日によって変わるかもしれないからだ。

では今日エイダの家へ出向いて、そこにいる「エイダ」と呼ばれる女の子の髪がくるくる巻きだということを、見るなりさわるなりして確証したらどうか。いや、それでもだめだ。なぜなら、もしアリスが今日エイダになっていたとしたら、今日エイダの家にいる「エイダ」と呼ばれる女の子はエイダではなく、誰か別の女の子であるはずだからだ（ここで、今日エイダの家にいる「エイダ」と呼ばれる女の子はアリスであるという反論をする誘惑にかられる読者は、第9章での東京駅と京都駅についての議論を思い出し、それを、その女の子とアリスは今日まったく別々の場所にいるという事実に適用してほしい）。その女の子がエイダでなければ、その子の髪がくるくる巻きだからといって、エイダの髪もくるくる巻きだということにはならない。なので今日エイダの髪がくるくる巻きだと主張するためには、今日アリスはエイダになってはいない、ということを仮定しなくてはならない。だが、これは論点を先取りしている。そもそもアリスは、自分は今日エイダになっているのではないと結論したいのだから。

アリスは、論点先取なしに仮定（5）を確証することはできない。（5）―（6）―（7）の議論では、自分がエイダではないという結論を確立することはできない。髪のカールの度合いの考察とは独立に、自分がエイダではないという証拠はないのか。顔立ちや背格好、しぐさやしゃべり方など、ふつう簡単には変わらない性質についてのちがいに関する証拠ならいいのではないか。いや、だめである。ひとが誰か別のひとになるという極めてふつうでない可能性をアリスは論じているのだから、「ふつうこれこれだから……」という論法は通用しない。ふつう起こりそうもないことでも、形而上的に可能ならば無視するわけにはいかない。エイダの顔立ちや背格好、しぐさやしゃべり方、その他もろもろの身体や行動に関する特徴が一夜にして変わることは日常的にはありえないが形而上的には可能なので、そういう特徴のみによってエイダとアリスを区別することは目下の論議の文脈では許されない。

では記憶はどうだろう。アリスには、エイダの家で育ったという記憶はまったくない。昨日までのエイダの無数の経験のうち、ただ一つとして自分の経験として記憶しているものはない。そのかわり、別の家すなわちアリスの家で育ったという記憶があり、昨日までのアリスの無数の経験のかなりを自分の経験として記憶している。昨日までのエイダの経験の記憶を今日持っている女の子が今日エイダであり、昨日までのアリスの経験の記憶を今日持っている女の子が今日アリスなのではないか。顔立ちや背格好、しぐさやしゃべり方といった身体や行動に関する特徴とちがって、記憶はひとの同一性に直接かかわる性質なのではないか。身体や行動に関する特徴を大きく変えるということとちがって、記憶を大きく変えるということは、文字通り別人になるということなのではないか（記憶だけでなく、性格や気性などほかの種類の心理的特徴もくわえて考慮に値するかもしれない）。

もしこの考えを受け入れれば、今日のアリスが昨日までのアリスの記憶を持っていて、昨日までのエイダの記憶を持っていないという事実にもとづいて、今日のアリスはエイダではないと主張することができる。たとえもし仮に今日のアリスがくるくる巻きの髪だったとしても、そしてエイダの身体や行動上の特徴をすべて持っていたとしても、アリスの記憶を持っているかぎり、それはエイダのように見えるアリスなのであり、エイダではないと主張することができるだろう。自分がエイダになってしまったわけではないという結論をくだすために、アリスは身体的な性質を持ちだすことによって議論をややこしくしてしまっていると思われる。記憶を持ちだせば案外かんたんにその結論に到達できたかもしれないのだ（メイブルについては、「無知である」という心理的な特徴が最初から問題になっているのでエイダの場合とは重要な点でことなるが、原則的には同様の考察があてはまる）。

（先の章のハイエナのふりをすることに関して考えた節で、ふりの世界でのハイエナがアリスだということの裏づけとしてアリスの記憶を引き合いにだし、本章のここでも、アリスの同一性を保証するものとして記憶を使っている。だが、その使い方がちょっとちがう。アリスの記憶は、先の章では、現実世界とふりの世界という二つの世界にまたがるアリスの同一性を裏づけるために持ちだされていたが、本章では、今日と昨日という二つの時間にまたがるアリスの同一性を裏づけるべく使われている。このちがいが、同一性の保証としての記憶のたよりがいの度合いの、前章と本章におけるちがいを生み出しているのである。）

第4節　魂

心理的な特徴（とくに記憶）はアリスがアリスであることの必要十分条件だ、というのがこの章のいままでの考察から学ぶべきことのように思われるが、それはほんとうに正しいのだろうか。身体や行動上の特徴と同じように、心理的な特徴もアリスの同一性にとって必要でも十分でもないのではないか。いかなる種類の特徴からも独立に存在するアリスの「魂」があるのではないか。そして、その魂を持つということがアリスであるということなのではないか。

こう考える読者は案外少なくないかもしれないが、「魂」という概念は必ずしも明確ではない。身体的特徴や心理的特徴とは別で、それらとは独立の存在としての魂とはいったい何なのか。物理的な個体でないということだけは誰もが合意するだろう。また、いかなる物理的な個体にも依存しない何かだということにも多数の人が同意するだろう。そして、心理的な特徴は物理的個体である脳の活動や状態によって左右されるので、魂は物理的でないのみならず心理的なものでもないということになる。だが、多数の人々が把握しているであろうと思われる「魂」という概念のこの帰結は、おどろくべきものだと言わねばならない。

脳や神経をふくめた物理的個体である身体を持ち、記憶や気質など心理的な性質によって特徴づけられる人格を持つアリスをアリスたらしめるものが、物理的でも心理的でもない何か別物だというのはおどろくべきことである。アリスから記憶・気質その他の心理的要素を取り除き、さらに脳をふくめた身体の部分をすべて取り除いたら、何かが残り、その何かがアリスの魂だということなのだろうか。もしそうだとすれば、そういう何かとしての魂がほんとうに存在するという証拠はあるのか。アリスには、魂を直接知覚したり感じたりすることはできない。わたしにもできないし、あなたにもできない。知覚するとか感じるということは心理的な現象なので、心理的なものから隔絶されている魂にはそういう現象に参加することは不可能である。

もちろん心理的でないもの、たとえば机や椅子といった物理的なもので知覚の対象になるものは多々ある。だが魂はそういった物理的なものではないので、机や椅子のように知覚の対象になるわけにはいかない。なのでアリスの魂はアリスの身体からも心からも独立であり、かつアリスにとって知覚することも感じることもできない何かだということになるのだ。そのような何かが存在すると信じるのは、四六時中アリスの背後二メートルの距離に、五感では知覚することも感じることもできない検証不可能な無色透明の直径三十センチのボールがふわふわと浮かんでいる、と信じるのと大差はない。

「いや、それは魂についての誤解だ」と言う読者がいるだろう。物理的なものからの独立性はともかく、心理的なものからの独立性は「魂」という概念にはふくまれていない、と言う読者である。アリスの心はアリスの魂と深い関係にあり、アリスの思いや感情などの心理的特徴はアリスの魂なくしてはありえないのだ、と主張するだろう。物理的なものからも心理的なものからも遮断された何かという不思議な存在者としてではなく、心理的な領域と深い関係にある何かとして魂を捉えるのは進歩なのかもしれない。だがこの進歩的な見方によっても、魂が何らかの「もの」――すなわち個体――であることにかわりはない。アリスの心理状態に直接働きかける何らかのもの、それがアリスの魂だというわけである。そういうふうに魂を定義づければ、魂は特に不思議な存在者ではなくなる。しかしそれと同時に、まったく別の問題がおきてしまう。アリスの心理状態に直接働きかけるものがアリスの魂ならば、アリスの魂はアリスの脳である。アリスの知覚、感情、情緒、記憶、人柄など、もろもろの心理的現象や状態を直接ひきおこし直接制御するのは、アリスの脳にほかならない。だがアリスの魂はアリスの脳だと言うのは、魂は物理的なものではないという「魂」概念の制約に反する。

では、魂はものであるという主張を放棄したらどうか。魂はもの（個体）ではなく、現象、状態、あるいは性質であると言ったらどうか。魂と心的領域の深い関係を維持しつつこういう主張をするならば、また別の問題がおきる。それは、「魂とは、心理的現象、状態、あるいは性質である」という主張と区別するのがむずかしくなるという問題だ。なぜこれが問題かというと、そもそも魂を持ちだしたのは、心理的な特徴一般がアリスをアリスたらしめているという主張に対するライバルの主張の根幹にすえる要素としてなので、魂が心理的特徴と区別がつかないならば、魂を導入する動機そのものが失われるからである。

不思議の国のチャレンジ　その6

アリスをアリスたらしめているものは何かという問いとは独立に、一般的に言って、物理的でも心理的でもないようなものはあるか。あるとしたら例をあげよ。

第12章

にやにや笑って消える猫

猫はアリスを見て、にやりとしただけだった。人なつっこそうに見えたが、爪がとても長く歯がたくさんあったので、無作法にあつかってはいけないとアリスは感じた。

「チェシャー猫ちゃん」、そう呼んで気にいられるかどうか全然わからなかったので、びくびくしながらアリスは会話をはじめたが、猫は少し大きめににやりとしただけだった。「よし、大丈夫」と思ったアリスは続けて言った、「ここからどっちへ行けばいいか教えてくださいい、おねがいします」。

「そりゃ、どこへ行きたいかによるね」

「どこでもかまわないの――」

「なら、どっちへ行こうが同じこと」

「――どこかへたどりつくなら」、アリスは説明をつけたした。

「ああ、どこかへたどりつくことはたしかだな、歩き続けさえすれば」と猫は言った。

これは否定できないと思ったので、アリスは別の質問をしてみた。「このあたりには、どんなひとが住んでいるの？」。

「あっちのほうには」、右足をふりまわして猫は言った、「帽子屋が住んでいて、あっちのほうには」、左足をふって言った、「三月ウサギが住んでる。どっちでも好きなほうを訪ねたらいい――ふたりとも頭がおかしい」。

「でも、頭がおかしい人のところへなんか行きたくない」

「いや、それは避けられない」、猫は言った、「この辺では、みんな頭がおかしいんだ。ぼくもきみも」。

「わたしの頭がおかしいって、どうしてわかるの?」

「そりゃそうだろう。じゃなきゃ、きみはここへ来たりしなかったろうに」

それは全然証明になっていないとアリスは思ったが、「それなら、あなたの頭がおかしいって、どうしてわかるの?」と続けた。

「まず」と猫は言った、「犬は頭がおかしくない。だろ?」。

「でしょうね」とアリス。

「よし、では」と猫は続けた、「犬は怒ればうなるし、よろこべば尾をふる。でも、ぼくはよろこべばうなり、怒れば尾をふる。ゆえに、ぼくは頭がおかしい」。

「うなるじゃなくて、ゴロゴロのどをならすでしょ」アリスは言った。

「好きなように言え」、猫は言った。「今日女王様とクロッケーするのか?」。

「そうしたいのはやまやまだけれど、まだ招待されてないの」

「そこで会おう」と言って猫は消え去った。

奇妙なことが起こることにすっかり慣れきっていたアリスは、これにも特におどろかなかった。消えた場所をアリスがまだ見つめていると、猫は突然また姿をあらわした。

「ところで赤ん坊はどうなったんだ？」、猫は言った、「聞き忘れるところだった」。

「ブタになったわ」とアリスは、あたかも猫がふつうに戻ってきたかのごとく、きわめて冷静に答えた。

「そうなると思ってた」と言って、猫はふたたび消え去った。

また見えるかと思ってアリスはすこし待っていたが、あらわれなかったので、しばらくしてから、三月ウサギが住むという方角にむかって歩き始めた。「帽子屋さんは珍しくない」とアリスはひとりごとを言った。「三月ウサギのほうがずっとおもしろいし、いまは五月だからきっと泡を吹くほど頭がおかしいっていうわけじゃないでしょ――少なくとも三月ほどおかしくはないでしょ」。こうつぶやきながら見上げると、そこにはまたあの猫が木の枝にすわっていた。

「『ブタ（pig）』って言った？　それとも『イチジク（fig）』って言った？」

「『ブタ』って言った」、アリスは答えた、「そんなに突然あらわれたり消えたりしないでよ。目が回る！」。

「わかった」と言って猫は、今度はとてもゆっくり消えていった。まず尾の先から消えて、そして身体が全部消えてしまったあとも、かなりのあいだ残っていたにやにや笑いが最後に消えた。

「へえ！　にやにや笑いなしの猫はしょっちゅう見るけれど」、アリスは思った、「猫なしのにやにや笑い！　そんなへんてこりんなもの、いままで見たことなかった！」。

〔『不思議の国のアリス』第6章「ブタとコショウ」64－67ページ〕

チェシャー猫は、アリスに二つの議論をふっかけている。一つ目の議論は、「ここにいる人は、みな頭がおかしい。きみは（ここに来たので）ここにいる。ゆえに、きみは頭がおかしい」という議論である。これが次の議論形の一例だということはすぐわかる。

（1）すべてのFはGである。
（2）aはFである。
ゆえに、
（3）aはGである。

この議論形は、二つの仮定が真ならば結論も真だ、ということが保証されるという意味で妥当な議論形なので、その一例であるチェシャー猫の議論も妥当である。ならばアリスはチェシャー猫の議論を受け入れなくてはならないのか。もちろん、そんなことはない。アリスは、もし仮定（1）と（2）が真ならば結論（3）も真だということは受け入れなければならないが、仮定（1）が真だということを受け入れる必要はない。なので結論を受け入れる必要もない。

チェシャー猫の二番目の議論は、これとはまったくちがう議論である：「犬は頭がおかしくない。犬は怒ればうなるし、よろこべば尾をふる。でも、ぼくはよろこべばうなり、怒れば尾をふる。ゆえに、ぼくは頭がおかしい」。これは一番目の議論よりさらに受け入れがたく、「なぜ牛はモーと鳴くのか。ブーと鳴いたら豚とまちがわれるから」という問答と同じくらいばかばかしい論のすすめ方だと思われるが、どこがどう受け入れられないのかを見るために、ここでもまた議論の一般形を抽出してみよう。

(4) FはGではない。
(5) FはHである。
(6) aはHでない。
ゆえに、
(7) aはGである。

仮定(5)と(6)は単純化してあるが大勢に影響はない。この議論形は一番目の議論形とちがって妥当ではない。もし仮定(4)、(5)、(6)が真だとしても結論(7)が真だという保証はない。それは、この議論形の次の例によってあきらかになる。

（8）カタツムリは火星人ではない。
（9）カタツムリには殻がある。
（10）わたしには殻がない。
ゆえに、
（11）わたしは火星人である。

仮定（8）、（9）、（10）はいずれも真だが、結論（11）は偽である（とわたしは主張したい）。これでこの議論形の非妥当性があきらかにされたが、この議論形の欠点はそれだけではない。次の二つの例を見てみよう。

（12）クワガタムシは爬虫類ではない。
（13）クワガタムシは黒い光沢のある体をしている。
（14）わたしは黒い光沢のある体をしていない。
ゆえに、
（15）わたしは爬虫類である。
（16）アオダイショウは爬虫類でなくはない。

（17）アオダイショウはネズミを食べる。
（18）わたしはネズミを食べない。
ゆえに、
（19）わたしは爬虫類ではない。

この二つの議論はともに目下の議論形の例なので、その議論形が受け入れられるものならば、この二つの議論も受け入れられなければならない。しかし、この二つの議論をともに受け入れると、「わたしは爬虫類であり、かつわたしは爬虫類でない」という命題を受け入れなければならない。だがこの命題は「P、かつPでない」という形の矛盾命題である。このように簡単に矛盾を生み出してしまうというのが、この議論形の第二の欠点である。

第2節　実体なしの性質

チェシャー猫は、自由自在に消えたり現れたりできる。それだけでも、ふつうの猫とは毛並みがちがうと言わねばならないが、さらにおどろくべきことができる猫である。しっぽの先から前へ前へと消えていって、最後に身体がすっかり消え去ってしまったあとも、かなりの時間にやにや笑いだけを残すことができるというのだ。これは非常におどろくべきことである。

これは、まず想像不可能である。猫の身体がすっかり消え去った後、にやにや笑いだけが残っている、という状況を視覚的に想像することはできない。にやにや笑いを想像するには、にやにや笑いをしている顔を想像するしかないが、その顔はすでに消えてしまっているので、そこにないものと想像せねばならないが、そうするには、どこか別の場所にあるものとして想像するよりほかに手立てがない。しかしそうすると、笑っている顔がある場所と、笑いがある場所が別々の場所になる。だがそのような状況は想像できない。

想像できないだけではない。そのような状況が起こること自体が不可能である。ただ単にわたしたちの想像力を超えるという意味、すなわち人間の心理的操作の範囲の外にあるという意味だけで不可能なのではなくて、客観的に不可能な状況なのだ。さらに言えば、単に物理学の法則に反するという意味で不可能なのでもなく、物理法則がどうであろうと世界のなかに生起する状況として形而上的に不可能な状況だということなのである（物理学法則に反することはすべて形而上的に不可能だ、という主張は安易に否定されるべきではなく慎重な検討に値するが、残念ながらここではその余地がない）。

にやにや笑いだろうが、くすくす笑いだろうが、大笑いだろうが、苦笑いだろうが、笑いはすべて何かの笑いでなければならない。すなわち笑いがある所には、その笑いをしている何か主体がなければならない。それが形而上的に必然的なことである。そして、その主体は人間か動物の顔であるのがふつうだ。アリスの顔が笑っている、猫の顔が笑っているなどのように。笑いは何らかの実体の性質でなければならないので、アリスの顔を主体とする笑いは、アリスの顔という実体が持つ性質としてのみ存在可能であり、その実体とはなれて何の主体もなしに存在することはできない。何の顔もないからっぽの空間に浮かぶ笑いは、主体なしの笑いなのでありえない。チェシャー猫の身体が顔をふくめて完全に消え去ったからっぽの空間に、そのチェシャー猫の笑いがある、という状況はありえない。一般に、何らかの実体を主体としてもたない性質は（形而上的に）ありえない。たとえば「ワニである」という性質――ワニ性――は、アフリカのどこかの川辺で、または日本のどこかの動物園で、主体なしにそれ自体のみで存在することなどできない。川辺または動物園に何か実体が存在して、その実体がワニ性を持っている、という形でしかワニ性は特定の場所にあらわれることはできない。

もう一つ例をとれば、「四角い」という性質も主体を要求する。色紙、タイル、箱、広場、顔など、何らかの実体が四角いという性質を持つ主体としてあるかぎりにおいてのみ、その性質はありうる。

「いや、そうではない。主体なしの性質はありうる」と言う読者がいるかもしれない。そのような読者は、笑い、ワニ性、四角性というような特定の性質はさておき、「主体なしの性質はありえない」という一般的主張に次のように反論するかもしれない。

日の丸の旗の真ん中の部分をしばらく凝視してから真っ白な壁にすぐ目を移せば、緑色の円が見える。壁には、緑色の実体も円形の実体もない。にもかかわらず緑色の円がそこに見える。つまり、緑色性と円性という二つの性質が主体なしに壁の上にあるということだ。ゆえに、主体なしの性質はありえないという主張はまちがっている。

（第5章にでてきた残像の例を別の用途に使用している）この反論はおもしろい。これが反論として受け入れるに値するかどうかを見るために、同じではないが似たような反論をもう一つ見てみよう。

水が半分はいったグラスにまっすぐなストローを入れると、ストローが曲がって見える。ストローはグラスに入れたとたん曲がったわけではない。にもかかわらず曲がって見える。「曲がっている」という性質がそこにあるが、その主体として唯一の候補である実体ストローは曲がっていない、つまり、その性質の主体としての役割は果たしていない。つまり、「曲がっている」という性質が主体なしでグラスのなかにあるということだ。ゆえに、主体なしの性質はありえないという主張はまちがっている。

（第5章の同じ場面にでてきた例を使った）この反論もおもしろいが、あきらかな欠点が一つある。それは、「ストローが曲がって見える」から「『曲がっている』という性質がそこにある」を導き出しているということだ。「これこれの性質があるように見える」から「これこれの性質がある」を導き出すのは妥当ではない。目の前の友人がかしこいニホンザルに見えるからといって、そこに「かしこいニホンザルである」という性質があるわけではない。沈む夕日が半熟卵の黄身に見えるからといって、そこに「半熟卵の黄身である」という性質があるわけではない。ストローが曲がって見えるからといって、そこに「曲がっている」という性質があるわけではない。もちろん「曲がって見える」という性質はある。だが、その性質は、(「かしこいニホンザルに見える」という性質が友人という実体を主体とする性質としてそこにあるように、または「半熟卵の黄身に見える」という性質が夕日という実体を主体とする性質としてそこにあるように)ストローという実体を主体とする性質としてそこにあるので、主体なしの性質はありえないという主張の反論には使えない。

この考察を、日の丸の旗を使った反論にあてはめてみよう。何もない白い壁に緑色の円があるように見えるのはたしかだ。「緑色の円である」という性質がそこにあるように見える、とはたしかに言えるだろう。しかしだからといって、「緑色の円である」という性質がそこにあるということにはならない。もちろん「緑色の円に見える」という性質はそこにある。だがその性質は、壁のその部分を主体とする性質としてそこにあるので、主体なしの性質はありえないという主張の反論には使えない。

第3節　残像としての、にやにや笑い

チェシャー猫のにやにや笑いを性質として見ると、それだけがチェシャー猫が消えたあとも残っているというのは不可能だというわけだが、では性質として見なければどうだろうか。性質でなければ、何として見ればいいのか。残像として見たらどうだろう。白い壁のどの部分もまるい緑色ではないし、壁のうえにまるい緑色の物理的実体があるわけでもないが、まるい緑色の残像は見える。「まるい緑色である」という性質は主体を欠くが、まるい緑色の残像はちゃんとそこに見える。残像にとっては「見える」ということがすべてなので、それ以上の存在論的地位はどうでもいい。

チェシャー猫が消えたあとに残されたにやにや笑いも、アリスに見えているだけでいいのではないか。残像が壁に見えているだけで十分なように、にやにや笑いも枝の上に見えているだけで十分であり、それとは独立あるいはそれ以上の存在論的地位を持つ必要は、さらさらないのではないか。もしそうならば何も不可能なことはないのではないか。

これは悪くないアイデアだが、問題が二つある。まず、残像が残るためには、それが残像であるところのもともとの知覚がなくてはならない。まるい緑色の残像を見るためには、最初にまるい赤の知覚を持たなくてはならない。四角い青の残像を見るためには、まず四角い黄色の知覚がなければならない。残されたにやにや笑いが残像であるための、もともとの知覚とはいったいどのような知覚なの

か。そしてアリスは、そのような知覚をいつ持ったというのか。

にやにや笑いが残像であるためには、にやにや笑いのイメージの何らかの要素が、まるい緑色の残像の場合における色の役割をはたす必要がある。もともとの知覚でのまるいという形はそのまま残像に受け継がれるが、赤という色は反転する。緑という、補色関係にある別の色に取って代わられる。にやにや笑いのイメージのどの要素が反転すべき要素なのか。そして、その要素の（色の場合の補色に対応する）「補要素」は何なのか。色の場合をまねて科学的知識にうったえようとしても無駄である。むしろキャロルの話のファンタスティックさにかんがみて、自由奔放に想像力を働かせるほうがいいだろう。そうすると、たぶん、反転すべき要素はにやにや笑いそのものであり、その「補要素」はしかめっ面である、と言うのが一番もっともらしいことかもしれない。そしてチェシャー猫の顔が、円形という形に相当する、反転しない要素だと言えばいいだろう。チェシャー猫のしかめっ面をしばらく凝視してから何もない空間に目をむけると、チェシャー猫のにやにや笑いが残像として見える、というわけである。

「残像としての笑い」というファンタスティックなアイデアのファンタスティックな説明として、これはこれでいいのだが、それにしても問題は残る。チェシャー猫消滅後のにやにや笑いのイメージを残像として見るためには、チェシャー猫の顔の形をしたしかめっ面を凝視することが、チェシャー猫がゆっくり消えていく過程とほぼ同時に起こっていなければならないが、そのような記述はない。笑いの残像説はキャロルの語りと相容れないのである。

二つ目の問題は、アリスから見れば、もし当のにやにや笑いが残像であるとするならば、それはチェシャー猫の顔の笑いとしての残像でなければならないということだ。消え去る前の、にやにや笑いを浮かべていた顔のイメージがそのまま残像として見えていなければならないということだ。つまりアリスの視点からは、顔が消えてしまったあとも、あたかもそこに顔がまだそのままあるかのように見えていなければならないということなのだ。そして、猫の顔が消えてしまったように見えるのは、その残像が消えてしまったときであるはずであって、それより前ではない。ということは、アリスの視点からは、猫の顔なしににやにや笑いだけがある、という景色は見えないということである。これはキャロルの描写にそぐわない。そういう状況では、アリスが、なぜ「猫なしのにやにや笑い！　そんなへんてこりんなもの、いままで見たことなかった！」と言うのかが不可解になってしまうからだ。

というわけで、ここでのキャロルの記述の内容は、不可能な内容であると言わざるをえない。もちろん、不可能な内容だからといって、それを記述するキャロルの言葉が意味をなさないということにはならない。それは十分に意味をなす。意味をなすからこそ、その言葉が記述する内容が特定の性質――すなわち不可能性――を持つという議論が有意味になされうるのである。

第13章

名前がなくなる森

「どんな昆虫にときめくんだい？」とブヨは聞いた。

「昆虫になんか、ぜんぜんときめかない」、アリスは説明した、「だって、こわいんだもの——大きいのは特に。でも名前ならいくつか言えるわ」。

「名前を呼べば答えるんだよな？」とブヨは、のほほんと言った。

「へえ、知らなかった」

「名前を呼ばれて答えなかったら」、ブヨは言った、「名前がある意味がないじゃないか」。

「昆虫の役には立たないけれど」、とアリス、「でも、昆虫を名指しする人たちの役には立つでしょ。じゃなかったら、そもそもどうして、ものに名前なんかあるわけ？」。

「さあね」、ブヨは答えた、「もうすこし行った先の森の中じゃ名前なんかないよ……」

……「きみは自分の名前をなくしたくないんだろうな」。

「なくしたくない」、アリスはちょっと心配げに言った。

「でも、どうかな」、のほほんとブヨはつづけた、「名前なしで帰宅できたら、どんなに都合がいいだろうかと思っちゃうだろ！　たとえば、家庭教師がレッスンのためにきみを呼ぼうと思っても、名前がなかったら『ここへ来なさい——』としか言えないだろ。そして名前が呼ばれていないから、もちろん行く必要なんかないのさ」。

「ううん、そういうわけにはいかないでしょ、きっと」、アリスは言った――「家庭教師は、そんなことでレッスンを取り消そうなんて考えない。わたしの名前が思い出せなかったら、使用人のように『お嬢様（Miss）』って呼ぶでしょうよ」。

「でもさ、家庭教師が『Miss』と言うだけでほかに何も言わなかったら、きみはレッスンを受けない（miss）に決まってるよね。これ冗談。きみに言ってほしかったなあ」……

すぐにアリスは開けた野原に出た。その向こう側には森があり、さっきの森よりずっと暗いように見えたので少しためらったが、でも気を取り直して行くことにした。「引き返すなんてこと、する気はないから」と自分に言いきかせて八番目のマスへの唯一の道を進んだ。

「これが何にも名前がない森にちがいないわ」とアリスは思いにふけって一人ごとを言った。「入ったらわたしの名前はどうなるんだろう？　なくなればいやだな――だって別の名前をつけなくちゃならなくなるし、そうしたらそれは醜い名前にきまってる。でもそうなったら、わたしの古い名前をもらった人をさがす楽しみができるかも！　犬をなくしたとき『「ダッシュ」という名前に反応――真鍮《しんちゅう》の首輪着用』っていう尋ね犬の張り紙をするみたいに――答えてくれるまで、出会う人をはじめから『アリス』って呼んだりして！　でも、お利口さんなら答えないだろうな」。

　こうしてアリスはたわいもないことをあれこれ言いながら、やっと森にたどりついた。とても涼しくて日陰が多そうだった。「まあとにかく安心した」とアリスは木陰へと進みながらつぶやいた、「あんなに暑かった所から、たどりついたのは――どこ？」言葉につまって、びっくり仰天。「ええと、この――この下へ来たんだよね！」と言って、木の幹に手をあてた。「なんて呼べばいいんだろう？　名前がないみたい――うん、ほんとうにないんだ！」しばらくそこに黙って立って考えていたが、突然またつぶやきだした。「やっぱり、そうなっちゃったんだ！　わたしは誰？　がんばって思いだそう！　ぜったい思いだす！」しかし、そう決心してもどうにもならず、必死に頭をひねった結果、「リ、リで始まるのはたしか！」と言えるだけだった。

　と、そのとき小鹿がやってきて、大きなやさしい目でアリスを見た。こわがる様子はまったくなかった。「おいで、おいで」と手を差しだしながらアリスは撫《な》でようとしたが、小鹿はおどろいて少しだけ後退した。そして、また立ち止まってアリスを見つめるのだった。

「あなたのお名前は？」小鹿はようやく言った。なんとも柔らかく甘い声で！

「それがわかればねえ！」と思ったアリスは、「いまのところないの」と悲しげに答えるだけだった。

「それはだめ。もう一度よく考えて」と小鹿。

アリスは考えたが何も考えつかなかったので、もじもじしながら「おねがい、あなたのお名前をおしえてちょうだい」と言った、「そうすれば思いだせるかもしれない」。

「もう少し行ったらおしえてあげる」、小鹿は言った、「ここでは思いだせないから」。

そこで二人は一緒に森のなかを歩き進んだ。アリスは小鹿の柔らかい首にやさしく腕をまわして歩き、しばらく行くと、ふたたび開けた草原に出たのだった。するとそこで小鹿は突然宙に跳びあがり、アリスの腕から身を放って「わたしは小鹿！」と嬉しそうに叫んだ。

「そして、うわっ！　あなたは人間の子供！」その美しい茶色の目に突然おどろきが走ったかとおもうと、つぎの瞬間、一目散に逃げ去った。


［『鏡の国のアリス』第3章「鏡の昆虫」173―178ページ］

第1節　述語と性質

この引用部分でキャロルは、固有名詞と普通名詞を特に区別せず、両方とも「名前」で一括している。「アリス」という固有名詞と「人間」、「子供」、「小鹿」などの普通名詞を一緒くたにして語っている。固有名詞についてはは別の章ですでに見てきたので、ここでは普通名詞に注意を向けることにしよう。普通名詞は多くの場合、文中で述語として使われる。そこで述語について考えることにしよう。

（1）花子は脊椎動物である。

この文の述語「脊椎動物である」は特定の性質をあらわしていて、「xは脊椎動物である」は、xがその性質を持つ場合、かつその場合にのみ真である。その性質を持つ何かxが現実に存在しなくても、「脊椎動物である」がその性質をあらわすということに変わりはない。一般に、述語が特定の性質をあらわすということは、その性質を持つ何かが現実に存在するか否かによらない。「ユニコーンである」という述語は、ある特定の性質をあらわすが、その性質を持つものは現実には存在しない（「ユニコーンである」という述語はいかなる性質もあらわさない、という分析哲学史上有名な議論があるが、その議論は一つの重要な仮定に依存しており、その仮定は否定することができる)。「ユニコーンである」がその特定の性質をあらわさなかったら、「ユニコーンは現実に存在しない」という文が真だということの説明がむずかしくなる。「その文が真なのは、『ユニコーンである』という述語があらわす性質を持つものが現実に存在しないからである」と言えなくなるからだ――正確には、そう言っても端的に真なことを言ったことにならないからだ。

だが、何ものも現実に持っていない性質が、いかにしてあらわされうるのか。「ユニコーンである」という述語は現実の述語であり、その述語と当の性質のあいだには「あらわす」という関係が現実に成立している。当の性質が現実には何ものの性質でもないという状況下で、いかにこれは可能なのか。

この問いに答えるためには、まず性質が現実に何ものかの性質であるということと、性質が存在するということをはっきり区別せねばならない。「ユニコーンである」という述語があらわす性質を「ユニコーン性」と呼べば、現実に存在するいかなるものとユニコーン性のあいだにも「……は……を持つ」という関係はない。だがユニコーン性は、現実に存在するものが持つほかの性質とは色々な関係にある。たとえば、もしxがユニコーンならばxは動物でなければならないので、動物性とは「……は……を含意する」という関係にある。また、もしxがユニコーンならばxはシラカバではありえないので、シラカバ性とは「……は……を排除する」という関係にある。動物性やシラカバ性は、現実に存在する個体が持つ性質なので形而上的には問題ない。そのような形而上的に問題ない性質と、このような（形而上的に問題のない）関係にあるユニコーン性それ自体も、形而上的に問題ないのである。

　だがしかし、現実に存在する個々の動物やシラカバをさして「ここに動物性が例示されている」とか「ここにシラカバ性が例示されている」と言えるのに対して、ユニコーン性の場合は、現実に存在する個体をさして「ここにユニコーン性が例示されている」とは言えない。個体の領域で例示されていないにもかかわらず形而上的に問題ない、とはどういうことなのか。形而上的に問題ないということの根拠として、動物性やシラカバ性と「……は……を含意する」や「……は……を排除する」という関係にあるということを指摘した。このような関係は性質のあいだの論理関係であり、形而上的に問題ない性質と論理関係にある性質は形而上的に問題ない、という原理が暗黙に仮定されているのはあきらかだ。

　論理関係だろうがほかの種類の関係だろうが、何らかの関係が成り立つためには、その背景をなす何らかの「場」が想定されていると言わねばならない。たとえば、冠着《かむりき》は新島々の北に位置するが、「……は……の北である」という関係は、東西南北という方向軸で定義される地理的な場を想定している。ヨハン・セバスチャン・バッハはヨハン・ヤコブ・バッハの弟だが、「……は……の弟である」という関係は、血縁を定める生物学的な場を想定している。9は7より大だが、「……は……より大である」という関係は、整数論の公理がまとめるところの数学的な場を想定している。

では、性質と性質のあいだに成り立つ「……は……を含意する」や「……は……を排除する」という論理関係が想定する場は何か。それがどのような場かを考察するにあたって、まずその場に名前をつけることから始める：その場を「論理空間」と呼ぶことにしよう。

第2節　論理空間

性質と性質のあいだに論理関係が成り立つ場として想定されるのが論理空間なので、そこに性質が存在するのは当たり前だが、性質以外のものは存在しないのだろうか。整数論の公理がまとめる数学的な場――整数空間――には2、7、9その他の整数が存在し、整数以外のものは存在しないが、論理空間における性質も同様なのだろうか。整数空間に整数以外のものが存在しないのは、整数は、整数以外のものがなくてもそれだけで整数空間に存在し相互関係を持つことができる、つまり整数空間で自己充足的だからである。性質は論理空間で自己充足的だろうか。性質は、論理空間で性質以外の何ものもなしで存在し相互関係を持てるのだろうか。

動物性という性質は、あなたやわたし、あるいは忠犬ハチ公や、わたしの左足首をいま刺した蚊など個々の動物の性質としてのみ存在しうるのではないのか。動物であるいかなる個体とも独立に存在する性質としての動物性などというのはありえないのではないのか。ものの性質というのは「もの」の性質であって、ものがなければ性質もありえないのではないのか。もしそうならば、論理空間に性質のみが存在するということはありえない。性質を持つもの、個体、も存在せねばならない（同じように、「整数というのは『もの』の数であって、ものがなければ数もありえないのではないか」という問いかけもできるのだが、分析哲学的に重要なこの問いかけを考慮する余地は残念ながらここにはない）。

しかしすでに見たように、ユニコーン性がそのような主張を反駁するのではなかったのか。ユニコーン性を持つ個体は現実に存在しないがユニコーン性という性質そのものは存在する、ゆえに性質はその性質を持つ個体を必要としない。この理屈はまちがっているのか。そして、もしまちがっているなら、どこがまちがっているというのか。

その理屈はまちがっている。「存在」という概念の乱用にもとづくまちがいを犯している。「存在」という概念の正しい把握にもとづいてユニコーン性と個体の形而上的あり方を再検討すれば、ユニコーン性は「いかなる性質も、その性質を持つものが存在しなければ存在しない」という原理の反例にはならない、ということがわかるのである。なぜそうなのかということをくわしく説明するために、日常的な例から始めよう。

太陽と金星の間には惑星がある。水星だ。金星と地球の間には惑星はない。

(ここで用語について注意を一つ。「惑星がある」と「惑星が存在する」は同義であり、「惑星はない」と「惑星は存在しない」は同義である。存在するということが、あるということではない何かもっと深遠な捉えどころのない特別なことにちがいないと思う読者は、その思いを捨ててほしい。ルードヴィッヒ・ヴィトゲンシュタイン(一八八九―一九五一)というオーストリア人の分析哲学者は、日常言語から浮き上がった用語を使ってなされる哲学はナンセンスのみならず有害でさえあり、意味のある有益な哲学的探求は地に足のついた言葉でなされねばならないと主張した。ここではその信条にしたがって、「惑星が存在する」という文の内容は、「惑星がある」という文の内容以上でも以下でもないとするのである。

また、「人が存在する」の同義文として「人がある」よりも「人がいる」のほうがいい、という日本語についての事実は、惑星と人のちがいについて調べるための出発点としては有用かもしれないが、存在について分析哲学的に考察するためには重要ではない。)

太陽と金星の間には惑星があるという事実は、太陽と金星の間の空間についての事実だ。よりくわしくは、太陽と金星の間の空間を占めるもののなかの一つが惑星だ、という事実である。これをさらに厳密に言うと、太陽と金星の間の空間を占めるものの集合のメンバーのうち少なくとも一つが惑星である、という事実なのである。いっぽう、金星と地球の間には惑星がないという事実は、金星と地球の間の空間を占めるものの集合のいかなるメンバーも惑星ではない、という事実だと言える。この二つの事実に共通しているのは、どちらも何らかの集合についての事実だということである。これは偶然ではない。じつは存在に関する命題はすべて何らかの集合に関する命題なのである。これこれが存在するという命題は、何らかの集合について、その集合の少なくとも一つのメンバーがこれこれだという命題であり、これこれが存在しないという命題は、何らかの集合について、その集合のいずれのメンバーもこれこれではないという命題である。

惑星の例では、「太陽と金星の間」や「金星と地球の間」という句によって、どの集合が問題になっているかがあきらかにされているが、存在に関するすべての言明がそういう句をふくむわけではない。そのような句がなくても、どの集合が問題になっているかがおのずからあきらかならば余計な言葉は使われないのがふつうだ。たとえば、料理教室でオムレツを作ろうとしている生徒が材料バッグのなかを探して「卵がない」と言ったとすれば、問題になる集合は材料バッグ内部の空間を占めているものの集合だということは誰にもあきらかだろう。あえて「材料バッグのなかに卵がない」と言う必要はない。

あなたが職場の同僚といっしょに一人の特定の新米社員の評価をしているとき、その同僚が「気になる癖がある」と言ったとすれば、問題の集合はその新米社員の癖の集合だということはあなたにとってあきらかかもしれない。もしそうだとしたら、同僚はわざわざ「彼女の癖のうちで気になる癖がある」と言う必要はない。

数学の授業で先生が「素数は無限にある」と言ったとすれば、問題の集合は整数の集合だということはどの学生にもあきらかだろう。「整数のなかで素数は無限にある」と言う必要はない。

では誰かが「ユニコーンは存在しない」と言い、わたしたちがそれを真だと判断するとき、問題になる集合として暗に仮定されている集合は何なのか。神話にでてくる動物の集合か。いや、そうではない。神話にでてくる動物の集合はユニコーンをメンバーとしてふくむので、その集合が問題の集合ならば、「ユニコーンは存在しない」は偽になってしまうからである。

「いや、そうはならない」と言う読者がいるかもしれない。「神話にでてくる動物の集合は空集合なので、何ものをもメンバーとしてはふくまない。なので、その集合の少なくとも一つのメンバーがユニコーンだ、ということはない。よって、ユニコーンは存在しないということは真である」と言うかもしれない。神話にでてくる動物の集合は空集合だというこのアイデアは、たしかに「ユニコーンは存在しない」が偽であるという論点を回避する手立てにはなるが、しかし大きな欠点がある。それは、「神話には何の動物もでてこない」という命題を真にしてしまうという欠点である。神話に動物がでてくるのはあきらかなので、これはまずい。なぜ「神話には何の動物もでてこない」を真にしてしまうかというと、「神話には何の動物もでてこない」は「神話にでてくる動物はいない」と同値であり、後者は「神話にでてくる動物の数はゼロである」すなわち「神話にでてくる動物の集合は空集合である」と同値だからである。

さて、「ユニコーンは存在しない」を真だと判断するとき、問題の集合として暗に仮定されている集合は何かという問題に戻ろう。その集合が神話にでてくる動物の集合でないのならば、いかなる集合なのか。少し考えれば、それは、この宇宙内で何らかの空間を占めているものの集合だということがわかる。地球上をいくらさがしてもユニコーンは見つからないし、火星やその他の太陽系内の惑星上をさがしても見つからない。太陽系の外、さらに銀河系の外をさがしても見つかることはない。ユニコーンは、宇宙内の空間のどの部分も占めていない。宇宙内で何らかの空間を占めているものの集合を問題の集合とすれば、「ユニコーンは存在しない」は思惑どおり真になる。

不思議の国のチャレンジ　その7

宇宙のどこにもユニコーンは見つからない、と断言することは危険である。銀河系いやたとえ太陽系の中に限ったとしても、いくら探してもユニコーンが見つかることは絶対にない、などと言うことは完全には正当化できないように思われる。にもかかわらず、ユニコーンが宇宙のどこにもいないものとして話を進めることが不適切でないのはなぜか？

「ユニコーンは存在する」は、宇宙内で何らかの空間を占めているものの集合に相対的には偽だが、神話にでてくる動物の集合に相対的には真だ、ということである。ということは、神話にでてくる動物の集合のメンバーすべてが、論理空間に含まれるものの集合のメンバーならば――すなわち（集合論の専門用語をつかって言えば）、論理空間にふくまれるものの集合が神話にでてくる動物の集合の上位集合ならば――論理空間にふくまれるものの集合に相対的に「ユニコーンは存在する」は真となる。くだけた言い方をすれば、ユニコーンは論理空間に存在するということである。そうならば、性

質間の関係を提供する場としての論理空間はユニコーンを擁する空間でもある、つまりユニコーンも論理空間に存在することになるので、ユニコーン性を持つ個体とユニコーン性は論理空間という共通の領域に存在することになる。ゆえに、論理空間が現実のもののみならず神話に出てくるものなど架空のものもふくむならば、「いかなる性質も、その性質を持つものが存在しなければ存在しない」という原理は擁護されうる。

第3節　論理空間と物理空間・時間

個体と性質はともに論理空間に存在するということだが、それはいかにして可能なのか。まず個体から始めよう。あなたやわたしは個体であり、現実に存在する。すなわち現実世界に存在する。あなたに六つ子の弟はいないが、いたかもしれない。あなたに六つ子の弟がいたということは（形而上的に）可能だ。すなわち、何らかの非現実可能世界に（あなたと共に）あなたの六つ子の弟は存在する。あなたとあなたの六つ子の弟は、現実存在という点ではことなるが、可能存在という点では同じだ。両方とも何らかの可能世界に存在するのである。と同時に論理空間にも存在する。ここで素朴な疑問がわく。可能世界と論理空間の関係は何か、という疑問である。

あなたは地球上に存在し、銀河系内にも存在する。地球は銀河系の（非常に微小な）一部分なので、あなたという一個体が地球と銀河系という二つの場所に同時に存在するということに何の問題もない。可能世界と論理空間も、個体の存在に関して同じようにわかりやすい関係にあるのだろうか。あなたのいる現実世界は、論理空間の一部分なのだろうか。

いいや、そうではない。まず、地球が銀河系の部分であるのと同じ意味で部分であるのではない。つまり、物理的な部分ではない。論理空間は物理的な空間ではないからだ。また、世界は集合ではないので、現実世界やその他の可能世界は（たとえ論理空間が何らかの集合であったとしても）論理空間の部分集合という意味での部分でもない。論理空間は、可能世界を部分として成っている全体ではない。論理空間と可能世界の関係は、全体と部分の関係というよりも、時間と時点の関係、または（物理）空間と空間内の点の関係と類比的に理解するのがいいだろう（第10章第3節で可能世界を時点との類比によって考えたことを思いだしてほしい）。そうするために、まず、いったん時間を空間から概念的にわけて把握し、時間は一次元、空間は三次元と仮定する（時間または空間がもっと高次元だったとしても大勢に影響はない）。そして、時間と空間は、宇宙のありようがそれに相対的に決まるような、そういう意味でのインデックスだと理解する（このことはすでに見た）。たとえば、「イタリアは、一つの国として政治的に統一されている」という命題は、どの時点が問題になっているかによって、真にも偽にもなる（地球は宇宙にふくまれるので、地球上での人類の歴史のありようは宇宙のありようにふくまれる)。現時点に相対的には真だが、二百年前の時点に相対的には偽である。また、空間への相対化の例をあげれば、「一六六九年に大噴火があった」という命題は、エトナ火山周辺の空間に相対的に真だが、ヴェスヴィオ山周辺の空間に相対的には偽である。

時間と空間は、一次元プラス三次元つまり四次元のインデックス空間を形成する。では論理空間はどうかといえば、時間軸と空間軸に加えたさらなる軸を提供して、時間・空間の四次元のインデックス空間を拡張する役割を果たすのだと思えばいい。もし仮に論理空間が一次元空間なら、加えられる軸の数が一なので、拡張されたインデックス空間は五次元空間になり、論理空間が二次元空間なら、拡張されたインデックス空間は六次元空間になる。つまり一般に、論理空間によって加えられる軸の数がnなら、拡張されたインデックス空間は四+n次元空間になる。

時間軸と空間軸を無視して、加えられる軸のみによって決定される論理空間だけを考えたうえで、その論理空間内の点として可能世界を考えればいい。もし加えられる軸の数が一なら、時点が時間軸上の点であるように、可能世界は、その加えられる軸上の点であり、もし加えられる軸の数が三なら、(物理)空間の点が三つの空間軸で決定される三次元空間内の点であるように、可能世界は、その加えられる三つの軸で決定される三次元(様相)空間内の点である。

このようにして、物理的な意味での時間と空間が時点、空間点、そしてそれらの時点、空間点に相対的に宇宙に存在するものを擁するのと同じように、論理空間は、可能世界と、可能世界に相対的に宇宙に存在するものを擁するのだ、と理解すればいいのである。

たとえば、あなたはいま地球上に存在するので、現時点を時間的部分とする二十一世紀に存在し、地球を物理的部分とする銀河系内に存在する。また、あなたは現実に存在するので、現実世界に存在し、その現実世界を擁する論理空間に存在する。

ここで注意深い読者は気がついたかもしれないが、この最後の文を、前節でみた存在の分析に忠実にくわしく表現するには細心の注意が必要である。前節の分析によると、xがこれこれに存在するということは、xが、これこれと（文脈からあきらかな）何らかの関係にある集合のメンバーだということである。ならば、それぞれの存在命題について、そこで問題になっている集合は何かをあきらかにする必要がある。そして、それをあらわしているのが下の表である。

（この表で「存在場所」という言葉は、物理空間的な意味での場所より広い意味で使われている。）

ここで特に注意に値するのは、現実世界での存在、そして一般に

存在場所	問題の集合
地球上	地球上の時空のどこかを占めるものの集合
銀河系内	銀河系内の時空のどこかを占めるものの集合
現実世界	現実世界での宇宙の時空のどこかを占めるものの集合
可能世界ｗ	ｗでの宇宙の時空のどこかを占めるものの集合
論理空間	論理空間のどこかを占めるものの集合

可能世界wでの存在である。現実世界は現実化された可能世界にほかならないが、可能世界は何かをメンバーとして持つ集合ではない。そうではなくて、ちょうど時点のように、宇宙とそれが擁する諸々のもののありようがそれに相対化されるインデックスなのである。たとえば、金星と地球、あるいは、あなたとわたしの空間的関係が時間によってかわる、つまり、ある時点ではある特定の方向にある特定の距離はなれているが、別の時点では別の方向または別の距離はなれているのと同じように、金星と地球、あるいは、あなたとわたしの時間空間的関係は可能世界によってかわる、つまり、ある可能世界ではある特定の時間にある特定の方向にある特定の距離はなれているが、別の可能世界ではその同じ特定の時間に別の方向または別の距離はなれているのである。なので、可能世界での存在のために問題となる集合はその可能世界そのものではなく、その可能世界に相対化されたありようを呈する宇宙が擁するものの集合——その可能世界で宇宙が擁するものの集合——だということだ。

ここで、「その可能世界で宇宙が擁するもの」を、「その可能世界で宇宙にあるもの」すなわち「その可能世界で宇宙に存在するもの」と解釈してはいけないだろうか。そう解釈したら、存在を存在で定義するという悪循環に陥ってしまうのだろうか。いや、そんなことはない。

可能世界wで宇宙が擁するものとは、wで宇宙の時空のどこかに位置するものなので、wで宇宙の時空のどこかを占めるものの集合のメンバーということである。すなわち、wで宇宙がxを擁するということは、wでxが宇宙に存在するということである。ということは、xがwに存在するということは、xがwにおける宇宙に存在するということなのである。これは存在を存在で定義する悪循環ではなくて、可能世界での存在を宇宙での存在で定義しているにすぎない。もちろん宇宙での存在は可能世界に相対的なありようを呈する宇宙での存在なのだが、これは、特定の時点における存在を、その時点に相対的なありようを呈する宇宙での存在として定義するのが悪循環ではないのみならずまったく自然な定義の仕方だというのと同様に、悪循環ではなくまったく自然なのである。

さて、ユニコーンは存在しないがユニコーン性は存在すると言うときの「存在」とはどこでの存在なのか。ユニコーンが地球上に存在しないと言うのはもっともだが、ユニコーン性が地球上に存在すると言うのはおかしい。銀河系内や現実世界での存在についても同様である。ユニコーンが銀河系内や現実世界に存在しないと言うのはもっともだが、ユニコーン性が銀河系内や現実世界に存在すると言うのはおかしい。「いかなる性質も、その性質を持つものが存在しなければ存在しない」という原理を暗に仮定しているので、その原理に反するようなことを言うのがおかしいのだと思われるのかもしれないが、それ以前に、ユニコーン性が何らかの物理的領域の時空のどこかを占めるということがそもそもおかしいのである。ユニコーンが存在しないということは、時空のどこかを占める何ものもユニコーンではないということだが、ユニコーン性が存在するということは、時空のどこかを占める何かがユニコーン性だということではない。性質は時空的な何かではないからだ。では、性質はいかなる何かなのだろうか。そして、そのような何かであるユニコーン性は、どの「場所」に存在するのだろうか。

先の表で残っているのは、任意の可能世界wと論理空間だけである。ユニコーンは、（現実世界のような）いくつかの可能世界には存在しないが、（神話の世界のような）別のいくつかの可能世界には存在する。なので、後者の可能世界のみを考えれば、そこにユニコーン性が存在すると言っても「いかなる性質も、その性質を持つものが存在しなければ存在しない」という原理に反することにはならない。だが、そこに相対的にユニコーン性の存在を肯定することがおかしなことであるという点については、いかなる可能世界も現実世界と「同じ穴のムジナ」である。どの可能世界についても、宇宙がそこで持つ時空のどこかを性質が占めると言うのはおかしなことなのである。

というわけで、残るは論理空間ということになる。「性質は論理空間に存在する」と言うことは、先に、そもそも性質と性質のあいだの論理関係について語るときの背景になる「場」として設定された論理空間の概念に合致する。論理空間は物理空間ではないので、そこに存在するからといって、時空のどこかを占めるということにはならない。時空的な何かではない性質も存在しうるのである。ユニコーン性が存在すると言うとき、わたしたちは、ユニコーン性は論理空間に存在するという意味で言っているのである。時空に存在するのは時点や空間点だけではないのと同様に、論理空間に存在するのは可能世界だけではない。あなたやわたしのような個体も存在するのである。あなたやわたしのような個体は、必然的存在者ではないので少なくとも一つの可能世界には存在しないが、可能個体なので少なくとも一つの可能世界には存在する。その意味で論理空間にも存在すると言えるのである。ユニコーンも同じで、少なくとも一つの可能世界には存在しないが、少なくとも一つの可能世界には存在するので、論理空間にも存在すると言える。

では、ユニコーン性という性質はどうか。性質は個体ではないので、ユニコーンについて言えることがそのまま自動的にユニコーン性について言えるわけではない。もしユニコーン性が論理空間に存在するならば、あなたやわたしやユニコーンのように特定の可能世界に存在することによってその可能世界が存在する論理空間に存在する、というのとは別な仕方で論理空間に存在するのであろう。個々の可能世界に局所的に存在するのではなく、何らかの意味で始めから論理空間そのものに（いわば）直接存在しているのであろう。では、どういう意味でユニコーン性が論理空間に存在するのかを見るために、そもそもある特定の個体がある特定の性質を持つとはどういうことなのか、を検討することから始めることにしよう。

第4節　個体と性質

個体が性質を持つということはその性質がその個体の部分だということである、という有名な主張がある。もしこの主張が正しければ、個体が性質を持ちつつ存在する所にはその性質も存在するということになる。よって、論理空間での個体の存在から論理空間での性質の存在も導き出せるが、それと同時に、個体は可能世界ごとに個別に性質を持ちつつ存在するので、性質も同様に可能世界ごとに個別に存在することになり、性質は個体とはちがって始めから論理空間そのものに（いわば）直接存在するという目下の視点に対する強力な反論を提供するのである。

しかし、そもそも、この主張には大きな問題点がある。それを明確にするために、庭に二羽ハチドリがいるとしよう。一羽を h_1、もう一羽を h_2 と呼ぶ。h_1 はハチドリ性を持っているので、もし個体の性質がその個体の部分であるならば、ハチドリ性は h_1 の部分である。よって h_1 の居場所にはハチドリ性も存在する。同様にハチドリ性は h_2 の部分でもあるので、h_2 の居場所にも存在する。だが、h_1 と h_2 は重なっていない場所にいる。もちろん庭という共通の場所にいるのはたしかだが、どちらも庭のすべての地点を占めているわけではない。h_1 が占めている地点の最小の集まりと h_2 が占めている地点の最小の集まりは重なっていない。h_1 と h_2 は結合双生児ではないのである。ということは、ハチドリ性は二つの重なっていない場所に同時に存在するということになる。しかし、これは同一性に関する否定しがたい次の原理に反するように思われる。

（L）もしxとyが同一（x＝y）ならば、xについて真なことはyについても真である。

不思議の国のチャレンジ　その8

原理（L）の「L」という文字は何に由来するのか？（ヒント：ある人物の名前の頭文字）

h_1がハチドリだと言うときとh_2がハチドリだと言うとき、わたしたちは同じ意味で「ハチドリだ」と言っている。h_1とh_2はまったく同じハチドリという種類の鳥だと言っているのである。なので、h_1が持つハチドリ性をαとし、h_2が持つハチドリ性をβとすれば、αとβは同一すなわち$\alpha=\beta$である。よって（L）により、αについて真なことはβについても真である。「h_1がいる所に存在する」はαについて真である。ゆえに「h_1がいる所に存在する」はβについて真である。だがβはh_2がいる所に存在し、h_2の居場所はh_1の居場所と重ならない。ゆえに「h_1がいる所に存在する」はβについて真ではない。したがって「h_1がいる所に存在する」はβについて真であり、かつ「h_1がいる所に存在する」はβについて真でない。これは矛盾だ。ゆえに背理法により、（L）が真ならば、個体が性質を持つということはその性質がその個体の部分だという主張は偽である。

（L）は真ではないと言う読者がいるかもしれない。そのような読者は、たとえば、ルイス・キャロルとチャールズ・ラトウィッジ・ドッジソンは同一人物だが『不思議の国のアリス』を書いたのはキャロルであってドッジソンではない、と言うかもしれない。だが、これは完全なるまちがいである。ドッジソンは「ルイス・キャロル」というペンネームを使って『不思議の国のアリス』を書いた。「これこれのペンネームを使って何々を書いた」は「何々を書いた」を含意する。よって、ドッジソンは『不思議の国のアリス』を書いたのである。別の例をとれば、明けの明星は、宵の明星として夕暮れどきに太陽の近くに見える。「これこれとしてしかじかである」は「しかじかである」を含意する。よって、明けの明星は、夕暮れどきに太陽の近くに見えるのである。さらに同様に、クラーク・ケントはスーパーマンとして空を飛び回るので、クラーク・ケントは空を飛び回る。

（ただ、ここで頑固な読者はこう反論するかもしれない。クラーク・ケントが電話ボックスに入り、3秒後にスーパーマンがでてきたとする。その場合「クラーク・ケントが電話ボックスに入り、スーパーマンがでてきた」は真だが「クラーク・ケントが電話ボックスに入り、クラーク・ケントがでてきた」は偽だ、と主張するかもしれない。たしかに、「クラーク・ケントが電話ボックスに入り、スーパーマンがでてきた」は自然だが、「クラーク・ケントが電話ボックスに入り、クラーク・ケントがでてきた」は（スーパーマンの話を知っている人には）不自然に聞こえる。だが「クラーク・ケントがクラーク・ケントとして電話ボックスに入り、（クラーク・ケントが）スーパーマンとしてでてきた」は自然でありかつ真である。「これこれとしてしかじかである」は「しかじかである」を含意するので、「クラーク・ケントが電話ボックスに入り、クラーク・ケントがでてきた」は真となる。少しばかり不自然に聞こえるかもしれないが真なのである。）

また、別々の個体は別々の性質を持つ、という主張がある。h_1とh_2の例で言えば、αとβは同一ではないという主張である。h_1のハチドリ性としてのαは、h_1のみに当てはまるのでありh_1以外の個体には当てはまらず、h_2のハチドリ性としてのβは、h_2のみに当てはまるのでありh_2以外の個体には当てはまらない、というのである。各々のハチドリがそれ自身固有のハチドリ性を持っている、というわけだ。

だが、この主張にも難点がある。それは、h_1とh_2の親近関係の説明がむずかしくなるという点である。庭にもう一羽鳥がいて、それはニワトリだとする。c_3と呼ぼう。当の主張によれば、h_1とh_2が独自のハチドリ性αとβをそれぞれ持っているように、c_3は独自のニワトリ性γを持っている。α、β、γという三つの性質は三つのことなった性質であり、それぞれただ一つの個体にしか当てはまらない。だが、h_1とh_2はc_3よりもおたがいに似ている。もしh_1とh_2は共有するがc_3は共有しない性質があれば、この説明はつく。だが当の主張によれば、αもβも共有されていない。トリ性は共有されているが、それはc_3にも共有されているので、トリ性を持ち出すだけではh_1とh_2がc_3に似ていないことの説明がつかない。

　この問題を克服するためには、性質そのものの類似について語ればいいかもしれない。αとβはたがいに似ている性質だが、どちらもγには似ていない、という具合に。だが、それは本来の説明を延期することになるだけで、遅かれ早かれ性質の性質――メタ性質――について何らかのことを言うことはさけられなくなる。αとβに共通するがγにはない性質がある、と言わねばならなくなるのだ。では、それはどういう性質なのだろうか。

　ハチドリ性でないことはたしかだ。αもβもハチドリではないからだ（ハチドリなのはh_1とh_2という個体であって、αとβという性質ではない――性質は羽もないし蜜も吸わない）。「ハチドリ性という性質である」というメタ性質ならどうだろう。これを『「ハチドリ性」性』と略せば、αもβも「ハチドリ性」性なら持っている。しかもγは持っていない。γが持っているのは「ニワトリ性」

性である。一羽のハチドリがもう一羽のハチドリと似ていてニワトリとは似ていないのは、前者二羽が共有する性質があってその性質を後者が持っていない、というのではなく、前者二羽が持っている性質が共有するメタ性質があって、そのメタ性質を後者の持つ性質は持っていない、というわけだ。これなら、すべて説明がつきそうである。

いや、そう簡単にはいかない。「同一でない二つの性質が同じメタ性質を共有できるならば、同一でない二つの個体が同じ性質を共有できないのはなぜなのか」という疑問に答える必要があるのだ。この疑問は、次のように別の言い方で表現することもできる：個体の性質がその個体の部分だと主張するなら、性質のメタ性質もその性質の部分だと主張せねばならないのではないのか。そして、もしそう主張するならば、別々の性質は共通部分を持たない、すなわち、同じメタ性質を共有することはない、とも主張せねばならないのではないのか。

この疑問には、つぎのように返答できるかもしれない：個体と性質を一緒くたにしてはいけない。空間に広がりを持つ個体に部分があるからといって、性質に部分があるということにはならない。性質であるハチドリ性は空間に広がりをもたないので、個体であるハチドリh_1がくちばしや羽といった空間的部分を持つのと同じふうに部分を持つことはない。別々の性質が共有するメタ性質は、それらの性質の部分ではないのだ。

しかし、ここでもう一つ問題がおきる。h_1とh_2という二つの個体がいるということは誰の目にもあきらかだが、それらの個体が持つと言われる性質なるものがあるということは、そうあきらかではないのではないか（個体の存在もあきらかではないと主張する論者もいるが、そのような論者にとっても、個体の存在についての懐疑の根拠と性質の存在についての懐疑の根拠は独立に扱えるので、ここでは、個体の存在を与えられたものとして仮定したうえで性質の存在に焦点をしぼる）。なぜわたしたちはh_1やh_2などの個々のハチドリにくわえて、ハチドリ性という性質を存在者として認めたく思うのかについて、おさらいしよう。それは、h_1やh_2など個々のハチドリはおたがいに類似しているが、ほかの個体——たとえばc_3——には（おたがいほどには）類似していないという事実を説明するためである。「h_1とh_2が類似しているのはh_1とh_2が同じ性質を持つからであり、c_3と類似していないのはc_3がその性質をもたないからである」と言えばその事実の説明になるからである（この説明は日常生活や自然科学における因果的説明ではなく、形而上的な根拠付けといった意味での説明だということは言うまでもない）。

ここで気づくべきなのは、h_1とh_2の類似はh_1とh_2が共有する性質の存在によって説明される、つまり、一つの同じ性質がh_1とh_2という二つのことなる個体に同時に共有されているということによって説明される、ということである。もし個体にくわえて性質も存在者として認めるにもかかわらず、h_1とh_2が共有する性質が何もないと主張すれば、この説明は成り立たない。ということは、αとβをh_1とh_2にそれぞれ特有な二つのことなる性質として認めるがh_1とh_2に共通な一つの同じハチドリ性という性質は認めないという立場は、そもそも性質を存在者として認める理由を無視する立場のように思われる。

もちろん、その立場をとる人は「そうではない」と反論するだろう。h_1とh_2の類似は両者に共通の性質によって説明されるのではなく、それぞれの持つ性質（αとβ）の類似によって説明されるのであると言うだろう。そしてαとβの類似は、αとβが共有するメタ性質（「ハチドリ性」性）によって説明されると付け加えるだろう。しかしよく考えてみると、αとβの類似がそれらが共有するメタ性質によって説明されるということは、類似は共有によって説明されるという一般的な原理を暗に仮定しているように思われる。そして、もしそうなら、h_1とh_2の類似も共有によって説明されるのでなければならない。すなわち、αとβによるメタ性質の共有を受け入れる根拠は、h_1とh_2によるハチドリ性の共有を受け入れる根拠でもあるということになる。よって、h_1とh_2によるハチドリ性の共有を否定するのは筋が通らない。

ここで個体と性質の差を指摘するのはお門違いだということに注意しよう。先に、「空間に広がっているか」という問いに対して、個体に関してと性質に関してでは答えがちがうという立場を考えたが、ここでは、「共有されうるか」という問いに対して、個体の性質に関してと性質の性質（メタ性質）に関してでは答えがちがうか否か、ということが問題になっているのである。ある種の存在者（性質）の性質がその種の二つのことなる存在者に共有されうるのならば、別の種の存在者（個体）の性質もその別の種の二つのことなる存在者に共有されるのだ、ということは、そもそも存在者とその性質の関係についての一般的真理であるように思われる。

ということで、h_1とh_2の類似を説明するのに一番もっともなやり方は、h_1とh_2が共有する性質を認めることであるように思われる（もちろんh_1とh_2の類似を説明することを拒むという立場もあるが、一般にものやことの類似は説明されえない原初的な現象だという判断は、科学的探求の精神に反するし、日常生活をつかさどる常識的態度とも相容れない）。ようやくここでわたしたちは、性質についてのもっとも重大な問題点に到達するのである。それは、性質の存在論的問題点である。h_1はハチドリだ、つまりハチドリ性という性質を持っている。ハチドリ性の半分だけを持っているとか、ハチドリ性を50％持っているとかではなく、ハチドリ性全体を100％持っている。h_1は、疑いなく完全にハチドリなのであるから。同様にh_2もハチドリ性全体を100％持っている。ここでいうハチドリ性は、個体に特有の性質としてのαやβ（$\alpha \neq \beta$）ではない。h_1が持つハチドリ性とh_2が持つハチドリ性は、同じ一つの性質である。その一つの性質が、いかにして二つの別々の個体に同時に帰属することができるのか。切り分けられて別々の切片が別々の個体に帰属するのではない。ちがう場所にあるちがう個体に同時に100％帰属する、という意味で「普遍者（universal）」と呼ばれるのだが、響きのいい端的な名前をつけたからといって問題が解決するわけではない。

　h_1は空間に広がりを持つが、その広がりがあるのは、くちばしや羽などの空間的部分が色々な場所を占めているということによる。それにくらべてハチドリ性は、一定の空間を占めるh_1に帰属すると同時に別の空間を占めるh_2にも帰属するという意味で（間接的に）空間に広がりを持つと言えるが、その広がりは、ハチドリ性の一つの空間的部分が一つの位置にあり、もう一つの空間的部分が別の位置にあるということで説明されるのではない。そうではなく、ハチドリ性は、その全体（それそのもの）が、同時に多々の場所にあると言わざるをえない。これは理解を絶するように思われる。

不思議の国のチャレンジ　その9

だが原理（L）に反するわけではない。なぜ反しないかを示すことを、読者への不思議の国のチャレンジその9としよう。

理解を絶するということは（もしそれが正しい判断だとして）、存在を認めないことのいい理由である。「ゆえに、わたしたちは性質の存在を認めるべきではない」と主張することはあながち理不尽なことではない。だがしかし、存在者として個体は認めるが性質は認めない、というその主張が極端な主張であることにかわりはない。もっと一般的に言えば、空間に広がりを持つものは存在者として認めるが、そうでないものは認めない、すなわち、空間的領域のみが存在の領域だという主張だからである。これはかなり極端な主張である。自然数、関数、命題などは空間からも時間からも独立に存在するように思われるし、理論、思想、物語、詩、交響曲、などは時間内に存在するが空間的な広がりは持たないように思われる。

不思議の国のチャレンジ　その10

交響曲がコンサートホールで演奏されるとき、それはコンサートホール中に空間的な広がりを持っているのではないのか。

不思議の国のチャレンジ　その11

三次元空間的広がりを持たない存在者のさらなる例をあげよ。

すでに検討したαやβ（$\alpha \neq \beta$）は各々の個体に特有な性質だが、そうではない性質、すなわち複数の個体に共有されうる性質を存在者として認めつつ、かつ普遍者として性格づけるのを避けることができれば一番いいのだが、そのようなことは可能だろうか。

第5節　集合としての性質

そのようなことは可能だという立場がある。それは、個体の性質を、その性質を持つ個体の集まりとして捉えるという立場である。これを理解するには、ハチドリ性がh_1やh_2の中に存在する、あるいはh_1やh_2を成している、という考え方を逆転させて、h_1やh_2がハチドリ性の中に存在する、またはハチドリ性を成している、という発想をするのがいい。h_1とh_2そしてそのほかの世界中のハチドリのすべて――いまいるハチドリ全部だけでなく、過去にいたハチドリ全部と未来にいることになるハチドリ全部もふくめた、世界中の時空のどこかを占めるハチドリ全部――の集まりがハチドリ性にほかならない、という発想である。この集まりをSと呼ぶことにすれば、個体がハチドリ性を持つということは、その個体がSの一員だということなのである。

この発想の決定的な利点は、ハチドリ性とは何かという問いに答えるために個々のハチドリ以外のものを必要としない、という点であるように思われる。普遍者のような奇妙キテレツな存在者を必要としない。個々のハチドリを集めれば、それだけでハチドリ性にたどりつける。これは、よろこぶべき利点である。しかし、よろこんでばかりいて、この発想には何も問題がないと思い込んでしまってはいけない。

じつは問題点が二つあるのだ。それらを見る前に、この発想について欠点ではないが欠点だと思われそうなポイントがあるので、まずそれについてあきらかにしておこう。ハチドリ性とは何かという問いに答えるために、多々ある個体のなかでハチドリであるものを選び出してそれらを集めてSとする。その際、ハチドリでない個体は除く。そうして得られたSをハチドリ性とみなす。ということは、個体のなかでハチドリ性を持つ個体はどれかをまず決めなければSにはたどり着けないにもかかわらず、ハチドリ性はS以外の何ものでもない、ということになる。これは、おかしなことではないのか。どの個体がハチドリ性を持つかということを決めるには、ハチドリ性とは何かをすでに知っていなければならない。しかしそのいっぽう、どの個体がハチドリ性を持つかを決めるに先立ってハチドリを集めることはできない。ハチドリの集まりSがハチドリ性であるならば、ハチドリ性とは何かという問いの答えにたどりつく前に、すでにハチドリ性とは何かを知っていなければならない。そんなことは到底できないように思われる。

別の言い方をすれば、ハチドリ性を次のように定義するのは循環的であり、情報量がゼロであるように思われる：

ハチドリ性とは、すべてのハチドリをふくみ、ハチドリでないものは何もふくまないようなものの集まりである。

ハチドリ性の定義のなかに「ハチドリ」という言葉が入っているのは悪循環以外の何ものでもないのであり、そのような定義はハチドリ性の定義としては役に立たない、というわけである。さらに次のように言いかえれば、その循環性がよりはっきりすると思われるかもしれない：

ハチドリ性とは、ハチドリ性を持つものすべてをふくみ、ハチドリ性を持たないものは何もふくまないようなものの集まりである。

「ハチドリ性」の定義のなかに「ハチドリ性」が出てくる。これを循環的定義と言わずに何を循環的定義と言えるだろう。

だが、この批判はまちがっている。なぜなら、この定義は「ハチドリ性」という概念の定義ではなく、ハチドリ性という性質の定義だからだ。意味論的定義と形而上的定義を混同してはいけない。この定義は後者であり、前者ではない。「ハチドリ性」という言葉でわたしたちが何を意味するか、あるいは何を理解するかを明示しようとしているのではなく、ハチドリ性そのものを明示しようとしているのである。この定義は、概念の定義として理解されるとあきらかに循環的だが、性質の定義として理解されれば次の定義と同等であり、それゆえ循環的ではない：

ハチドリ性とは、h_1、h_2、……、h_nをふくみ、それ以外のものは何もふくまないようなものの集まりである。

「h_1、h_2、……、h_n」は、過去に存在したハチドリ、現在存在するハチドリ、そして未来に存在するだろうハチドリのすべて、かつそれらのみを網羅する。「なぜh_1とh_2がふくまれ、c_3がふくまれないのか」と問われれば、答えは「h_1とh_2はハチドリだが、c_3はそうではないから」であるが、それは悪循環的ではないのである。日本国土は本州、北海道、九州、四国、……から成っていると主張する人に向けられた「なぜ九州と四国がふくまれ、タスマニアはふくまれないのか」という問いに対する、「九州と四国は日本だが、タスマニアはそうではないからだ」という答えが悪循環ではないのと似ている。

欠点だと誤解される点についてあきらかにした。では次に、実際の問題点二つの考察に入ろう。まず第一に、ハチドリ性を普遍者のような奇妙な存在者と見なす立場にくらべて目下の発想は個体のみでハチドリ性の存在がまかなえるという利点を持つ、という印象があるが、じつは、個々のハチドリだけではハチドリ性にたどり着くことはできないのである。そもそも、個々のハチドリをハチドリ性とみなすのは論外だということはあきらかだろう。個々のハチドリは複数いるが、ハチドリ性は一つだけだからである（ハチドリ性はh_1やh_2に特有なαやβという性質ではない、ということを忘れてはならない）。複数いる個々のハチドリから一つであるハチドリ性を得るには、個々のハチドリを「集める」という操作がいる。複数のハチドリを一つに集めて、その一つの集まり全体をハチドリ性とするのである。この「集める」という操作が、複数のハチドリから一つのハチドリ性を生むのである。

ここでいう「集める」という操作が物理的な操作でないのはもちろんである。ハチドリを捕獲して、どこかの広い公園に集めるというような操作ではない。世界中のハチドリを擁することができるほど広い公園などないし、そもそも、過去や未来のハチドリなど集められるわけがない。

一八八六年における日本政府の内閣は、伊藤博文、井上馨、山県有朋、松方正義、森有礼、等々から成っていた。すなわち、彼らの「集まり」がその内閣だった。複数の大臣の集まりが一つの内閣なのである。複数の大臣が一つの内閣を成すためには、彼らが同じ部屋にいる必要はない。同じ建物や同じ都市にいる必要もないし、同じ惑星にいる必要さえない（一八八六年には、科学技術的拘束により全大臣がたまたま同じ惑星にいた）。大臣の集まりとしての内閣が物理的集まりでないのはあきらかであろう。

ハチドリの集まりとしてのハチドリ性も、これと類比的に理解できる。複数の個体を集めることによって、一つの存在者が生まれる。この一つの存在者である集まりを「集合」と呼び、集められたものをその集合の「メンバー」と呼べば、内閣は大臣をメンバーとする集合であり、ハチドリ性はハチドリをメンバーとする集合（S）であると言える（「集合」と「メンバー」という言葉は本文ですでにでてきた）。

不思議議の国のチャレンジ　その12

特定の内閣として集められた特定の政治家たちは、その内閣発足以前にも存在したし、内閣改造以後も（ふつう）存在するので、それらの政治家たちの集合も内閣発足以前にも改造以後にも存在する。よって、もしその内閣がその集合だとしたら、その内閣はその内閣の発足以前にも改造以後にも存在することになるが、それはありえない。ゆえに、内閣は政治家た

ちの集合ではない。この議論は受け入れられるか。もし受け入れられるならば、ハチドリ性を集合と見なす理由がなくなるのか。

ここで問題になるのは、個々のハチドリをメンバーとするがそれらとは別の一つの存在者としてのSは、個々のハチドリに属するがそれらとは別の一つの存在者である普遍者としてのハチドリ性——Uとよぼう——とはことなるのだが、そうであっても、結局Uに向けられた批判に匹敵するような批判の対象になるのではないのか、という懸念である。h_1のなかに全体として存在し、かつh_2のなかにも全体として存在するという不思議なUの（メタ）性質にくらべて、h_1をメンバーとして持ち、かつh_2もメンバーとして持つというSの（メタ）性質は不思議ではない。この点ではSはUより受け入れやすい。だが、集合を生みだす「集める」という操作に隠れた問題点があるのではないのか。ハチドリ（かつハチドリのみ）を「集める」ことにより集合Sができ、任意の個体xがハチドリであるということとxがSのメンバーだということは同値である。ニワトリを「集める」ことにより別の集合ができ、任意の個体xがニワトリであるということとxがその集合のメンバーだということは同値である。これを一般化すれば、次のように言える：

（F）任意の述語「G」について、「G」が当てはまるもの（かつそのようなもののみ）を「集めれば」一つの集合ができ、任意のものxがGだということとxがその集合のメンバーだということは同値である。

ハチドリ性をSとして認めるためには、この一般原理（F）を受け入れなければならないように思えるが、（F）に問題はないのだろうか。問題がある。じつは大きな問題があるのだ。一見まったく無害で、あきらかに真であるように見える（F）が、じつは矛盾を生み出すのである。これは、一見まったく無害で、あきらかに善良市民であるように見える人物がじつは大悪人だった、などということよりはるかにおどろくべきことだ。これを証明しよう。

任意の述語として「自身のメンバーでない」をとる。この述語は、集合ではないゆえにいかなるメンバーも持たないすべての個体に当てはまるし、またSやニワトリの集合など多くの集合にも当てはまる。さて（F）によれば、この述語が当てはまるものを「集める」ことにより一つの集合Rができる。そして、任意のものxが自身のメンバーでないということとxがRのメンバーだということとは同値である。ここで任意のものxをRとすれば、Rが自身のメンバーでないということとRがRのメンバーだということとは同値だ、ということになる。よって、RがRのメンバーでないということとRがRのメンバーだということとは同値だ。ゆえに、もしRがRのメンバーでないならばRがRのメンバーであり、かつ、もしRがRのメンバーならばRがRのメンバーでない。これは矛盾である。

（この証明は、イギリスの分析哲学者・数学者バートランド・ラッセル（一八七二─一九七〇）が三十歳のとき、五十三歳のドイツの数学者・分析哲学者ゴットロープ・フレーゲ（一八四八─一九二五）に書簡で送った証明と実質的に同じである。フレーゲは、古代ギリシャにおける形式論理学誕生以来二千余年西洋に君臨し続けたアリストテレス論理学を駆逐する、まったく新しい形式論理学を創始したが、それは「自然数論は論理学である」という「論理主義」と呼ばれる主張を確立するための道具立てだった。ラッセルの証明は、そのフレーゲに大打撃をあたえたのである。原理（F）の「F」はフレーゲの名前の頭文字であり、集合Rの「R」はラッセルの名前の頭文字である。）

原理（F）が矛盾を生むということは、（F）を基盤とする理論はすべて矛盾につながるということなので、ハチドリ性をSとする発想も、もし（F）を基盤とするならば受け入れがたいことになる。これが、第一の問題である。この問題を克服するためには、（F）にもとづかない集合の理論がいる。そのような集合論は、Rを集合として認めず排除する理論でなければならない。Rを認めないということは「自身のメンバーでない」という述語を認めないということだ、と思う読者がいるかもしれない。だが、そう思うのは性急である。証明でも言われているように、「自身のメンバーでない」は、集合でないすべての個体にちゃんと当てはまるし、Sやニワトリの集合、砂粒の集合や星の集合、はたまた自然数の集合や三角形の集合など、数多くの集合にもきちんと当てはまる。なので、これを述語でないとする立場を正当化するのはむずかしい。では、どうすればRを排除できるのか。「自身のメンバーでない」という述語に対応する集合はない、と主張すればいい。これは原理（F）を否定することである（「自身のメンバーでない」を述語でないとする前述の立場を取れば（F）を否定する必要はない、ということに注意しよう）。（F）は集合論の基本的な原理なので、それを否定するからには、それに代わる集合生成の原理を提起する必要がある。どういう原理がいいのかを考えるにあたって、「自身のメンバーでない」という述語が「自身」という言葉をふくんでいるということに注意を向けるといいかもしれない。自己指示が、ラッセルの証明において鍵となる役割を果たしているからである。自己指示の言葉をふくむ述語には対応する集合はない、あるいはもっと一般的に、自己指示を含意する述語には対応する集合はない、とすればいいのではないか。つまり、（F）の適用範囲を、自己指示を含意しない述語に限定すればいいのではないか。

（FP）自己指示を含意しない任意の述語「G」について、「G」が当てはまるもの（かつそのようなもののみ）を「集めれば」一つの集合ができ、任意のものxがGだということとxがその集合のメンバーだということは同値である。

（F）の欠点は自己指示に源を発するという考えが（FP）の根底にあるが、自己指示はそんなにいけないことなのだろうか、という疑問がわくかもしれない。集合論のほかに自己指示が問題をおこす分野はあるのだろうか。じつはあるのだ。真理の理論がその有名な例である。「嘘つきのパラドックス」というのを聞いたことがある読者は多いだろう。「わたしのこの主張は真ではない」という主張は、もし真ならば（その主張は真ではないと言っているので）真ではなく、もし真でないならば（その主張は真ではなくはないということになるので）真である。ここで重要なのは、主張者が自分自身の主張について主張をしているということである。「あなたの主張は真ではない」や「彼女の主張は真ではない」はパラドキシカルではない。

「ナナコの主張は真ではない」とロクローが主張するのと同時にナナコが「ロクローの主張は真である」と主張すれば、ナナコの主張は、もし真ならば真でなく、もし真でないならば真なので、パラドキシカルである。にもかかわらず、ナナコはナナコをさしてはいないし、ナナコの主張はナナコの主張をさしてはない。ここから、自己指示は嘘つきのパラドックスに本質的ではないのではないかという疑問がわくかもしれないが、それはそうではない。ナナコの主張だけではパラドックスはおきない。ロクローの主張と組み合わせてはじめてパラドックスを生じるのである。二人の主張を切り離せない主張ペアとして見れば、そのペアはペアとして自身に言及していると言うことができ、その意味で自己指示の要素はこのパラドックスに欠かせないのである。

不思議の国のチャレンジ　その13

ロクローの主張はパラドキシカルか。

嘘つきのパラドックスを、自然数について述べる言語において巧妙な手口で表現して、自然数論における証明の限界をしめす「不完全性定理」というのがある。カート・ゲーデル（一九〇六―一九七八）というオーストリア系アメリカ人が（アメリカに帰化する前）、二十五歳のときに証明した定理だが、そこでも自己指示が決定的に重要な役割を果たしている。

性質を集合とする発想の第二番目の問題点は、同じ個体がたまたま二つのことなる性質を持つ場合におきる。人間であるという性質（人間性）と二十世紀に月に着陸した動物種の一員であるという性質（M性）は二つのことなる性質だが、同じ個体が持っている。すなわち、いかなる個体xについても、もしxが人間性を持っているならばxはM性を持っており、かつ、もしxがM性を持っているならばxは人間性を持っている。ということは、人間性を持つ個体の集合とM性を持つ個体の集合は同一の集合である。よって、もし性質とその性質を持つものの集合を同一視するならば、人間性とM性は同一の性質だといわねばならない。しかし、人間性とM性は同一の性質ではない。ゆえに、性質とその性質を持つものの集合を同一視することはできない。

この問題は、二つのことなる性質がたまたま同じ個体に所有されているという偶然の事実から生じる問題なので、現実世界のみを考慮するのではなく、ほかの可能世界にも注意を向ければ解決できそうである。現実世界では人間は二十世紀に月に着陸したが、別の可能世界ではそうしなかった。たとえば、一九六二年に第三次世界大戦が勃発して二十世紀の残りはその大戦およびその余波によって宇宙開発が停止したような可能世界——w^4と呼ぼう——では、人間性を持つ個体はいるがM性を持つ個体はいない。現実世界における個体だけでなく、すべての可能世界における個体の集合として性質を捉えれば、人間性とM性のように現実世界でたまたま同じ個体に所有されている性質を区別することができる。だがここで一つテクニカルな問題がおきる。

そのようなやり方で捉えられた集合としてのM性のメンバーは何なのか。あなたやわたしは、その集合のメンバーなのか。「現実世界においてのあなたはメンバーだが、w^4においてのあなたはメンバーではない」という答えはだめである。現実世界においてのあなたとw^4においてのあなたは、ともにあなたなので、同一個体である。あなたはその二つの可能世界に存在する個体だという仮定にもとづいて話を進めているので、世界に相対化すれば、あなたのありようは変わるかもしれないが、個体としてのあなたの同一性は変わらない。したがって、「現実世界においてのあなたはメンバーだが、w^4においてのあなたはメンバーではない」というのは「あなたはメンバーだが、あなたはメンバーではない」という自己矛盾を含意する。では、どうすればいいのか。

メンバーであるかないかを相対化する代わりに、集合そのものを相対化すればいい。M性は（絶対的に）一つの集合だと言う代わりに、各々の可能世界に相対的に一つの集合だと言えばいい。つまり、現実世界にはある集合が対応し、w^4には別の集合が対応する。そして、この対応関係そのものがM性である、というわけである。こういう対応を「関数」と呼ぶことにすれば、M性とは、可能世界から可能個体の集合への関数であると言える。M性という関数について言えば、あなたは現実世界に対応する集合のメンバーだが、w_4に対応する集合のメンバーではない。いっぽう人間性という関数について言えば、あなたは現実世界に対応する集合のメンバーであり、かつw_4に対応する集合のメンバーでもある（第三次世界大戦があなたの誕生を阻止しないかぎり）。M性と人間性は現実世界に対応する集合は共有するが、w_4に対応する集合はことなる。よって、M性と人間性は二つのことなった関数である。こうして、現実世界でたまたま同じ集合を持つ性質を区別することができるわけだ。

しかし問題はまだ残る。二つのことなった性質は現実世界でたまたま同じ集合を持つのみならず、すべての可能世界で同じ集合を持つかもしれないからである。つまり、可能世界から可能個体の集合への関数を一義的に決定しても、必ずしも性質を一義的に決定したことにはならないからである。

あなたにはお気に入りのペンダントがあって、それは三角形だとしよう。つまり、あなたのお気に入りのペンダントは三角性を持っている。三つの角があるためには三つの辺がなければならないので、その同じペンダントは三辺形でもある。つまり、そのペンダントは三辺性を持っている。もちろん、これはあなたのペンダント以外の三角形の個体すべてに言えることだ。また逆も真なり、すなわち、すべての三辺形の個体は三角形である。さらに、これは現実世界においてたまたまそうだというのではなく、すべての可能世界においてそうである。つまり三角性と三辺性は、たまたまではなく必然的に同じ個体に所有されるということだ。可能世界から可能個体の集合への関数として捉えたとしても、三角性と三辺性は区別がつかない。にもかかわらず、三角性と三辺性は二つのことなる性質である。前者は角の数に関する性質であるいっぽう、後者は辺の数に関する性質なのだから。

この問題に直面したとき、可能世界とそこに存在する可能個体を考慮するだけではこの問題は解決できないという診断をくだしたとすれば、可能世界とそこに存在する可能個体以外のものも考慮すればいい、という処方箋を書くというアイデアが生まれるかもしれない。現実世界から可能世界一般へと視野を広げることで人間性とM性に関する問題に対処したやり方をそのまま拡張し、可能世界からさらに視野を広げて不可能世界まで見据えることで三角性と三辺性に関する問題に対処しよう、というアイデアだ。人間が二十世紀に月に着陸しなかったというのは（事実ではないが）可能なので、人間が二十世紀に月に着陸しなかったような（現実世界ではない）可能世界がある。同じように、あなたのペンダントが三角形でありかつ三辺形でないというのは不可能なので、そのペンダントが三角形だが三辺形でないような不可能世界がある。可能世界だけでなく不可能世界もふくめた世界から、可能個体だけでなく不可能個体もふくめた個体の集合への関数として性質をとらえれば、三角性と三辺性を区別できる、というわけだ。

これは問題のちゃんとした解決になっているのだろうか。三角形だが三辺形ではないペンダントのような不可能な個体を認めることはできない、という立場をとる人にとっては何の解決にもなっていない。しかし不可能な個体は本当に認めることができないのだろうか。わたしたちは、可能な個体だけでなく、不可能な個体に言及することはしばしばあるように思われる。不可能だからといって語れなくなるわけではない。そもそも、この節で、三角形であるが三辺形ではないペンダントという不可能個体に言及してきたではないか。また、M・C・エッシャーなどは不可能なことを視覚的に表現さえしているということは先に見た。不可能なものやことには、現実世界やそのほかの可能世界における存在は認められないが、ある広義な意味でのリアリティーを認めることはできるのではないか。

だが、たとえ不可能個体にある意味でのリアリティーを認めたとしても、問題のちゃんとした解決には至らないかもしれない。なぜなら、不可能世界は、あまりにも多くのことを許容しすぎてしまうからだ。たとえば、あなたのペンダントが24金でありかつ24金でない、ということは不可能である。よって、あなたのペンダントが24金でありかつ24金でないような不可能世界がある。そのような不可能世界をw_{24}とすると、24金性の関数がw_{24}に対応させる集合は、w_{24}において24金である個体をメンバーとする集合である。その集合に、あなたのペンダントはメンバーとして入っているのだろうか。まず、w_{24}においてあなたのペンダントは24金なので、メンバーに入っている。だがそのいっぽう、w_{24}においてあなたのペンダントは24金ではないので、メンバーに入っていない。よって、その集合はあなたのペンダントをメンバーとしている、かつ、その集合はあなたのペンダントをメンバーとしていない。ゆえに、その集合は、その集合とことなる集合である。つまり、自身と同一ではない集合だということである（人間性とM性の区別、また三角性と三辺性の区別をつけるために、同じ世界に対応する集合のメンバーのちがいを指摘した議論を思い出してほしい）。個体だろうが個体の集合だろうが、自身と同一でないものなどありはしない。これは深刻な問題である。

不思議の国のチャレンジ　その14

深刻な問題だが、解決不可能な問題ではない。その解決を読者への不思議の国のチャレンジその14としよう。（ヒント：「はい24金です」をあらわす集合だけでなく、「いいえ24金ではありません」をあらわす集合も別に考え、w_{24}に対応する集合として、前者の集合のみをあてがうのではなく、前者と後者のペアをあてがうことを考えよ。）

第14章

無《む》と空《くう》

「……使者の二人を差し向けてもいない。二人とも町へ行ったからな。どちらか道をやって来るのが見えるか」（と白の王様は言った）。

「道には、だれも見えない」とアリス。

「そんな目があったらな」、王様はイライラして言った、「無のひとが見えるような目！　しかもこんなに遠くから！　まったく、この暗さでは実際のひとを見るのに精いっぱいだ！」。

アリスは王様が何を言っているのかさっぱりわからなかったが、手をかざしてじっと道沿いを見つめていたかと思うと、「だれかが見える！」と叫んだ。


『鏡の国のアリス』第7章「ライオンとユニコーン」222―223ページ

第1節　無のひと、無のもの

この和訳は理解に苦しむ。「だれも見えない」と言ったからといって「無のひとが見える」と言ったことにはならないし、そもそも「無のひと」とは、いったいどんなひとなのだという疑問がわく。『鏡の国のアリス』のこの部分を理解するには、原文の英語に直接向き合うことが不可欠である。「だれかが見える」という日本語に対応する原文の英語は I see somebody だ（英語を入れるカッコは省く）。「だれかが見える」を否定するには、述語「見える」を否定して「見えない」とする（と同時に「だれかが」を「だれも」に変える）か、または、「だれかが見えるわけではない」と文全体を否定するかどちらかだが、英語では I see somebody を否定するのに、そのような二つのやり方に加えて三つ目のやり方がある。述語を否定する（と同時に somebody を anybody に変えて）I don't see anybody とするやり方と、it is not the case that I see somebody と文全体を否定する（かなり堅苦しく聞こえる）やり方が、日本語の場合の二つのやり方に対応するわけだが、日本語に対応者がない三つ目のやり方は、述語を否定するのでも文を否定するのでもなく、目的語の名詞を否定することである。I see nobody（「だれも見えない」）というアリスの言葉がそれだ。文法的には目的語である nobody を強いて「無のひと」と文字通り和訳すれば「無のひとが見える」となるので、王様はアリスが「無のひと」なる人物が見えるというタワケたことを言っていると解釈して、「そんな人物が見える目があったらな」と皮肉っているのである。

もちろん、これは「ひとを見る」ということだけに限らない。たとえば、「わたしには車が（一台）ある」の英訳はI have a carであり、その否定「わたしには車が（一台も）ない」はI don't have a (any) carともit is not the case that I have a carとも訳せるが、I have no carという、carを直接否定するような形で訳すこともできる。Nobody（無のひと）なる人物を見ることができないように、no car（無の車）なる自動車を持つことはできない。Nobodyが特定の種類の人物でないように、no carは特定の種類の自動車ではないからだ。Carのかわりに普通名詞なら何でも使える。

I ate no meat.（わたしは無の肉を食べた。）わたしは肉を食べなかった。
She reads no magazine.（彼女は無の雑誌を読む。）彼女は雑誌を読まない。
No student asked a question.（無の学生が質問した。）学生はだれも質問しなかった。
No star lasts forever.（無の恒星が永久に存続する。）どの恒星もやがては消滅する。

「無の肉」とか「無の雑誌」などという言葉が有意味で、特定の種類の肉や雑誌を意味する名詞句である、と思う日本人はきわめて少ないだろう。カッコ内の直訳は、それに続くカッコ外の意訳として解釈してはじめて意味をなす。だが英語では「no ＋普通名詞」がごく当たり前に使われるので、表面的な文法に固執すると、「無の肉」や「無の雑誌」など、「無の何々」という形の概念にまどわされ、それに対応する無の肉や無の雑誌など一般に無の何々というものがリアリティーの一部として存在するという考えを自然に抱いてしまうかもしれない。

さらに、nobody という語のなかで body のかわりに thing（もの、こと）を使えば、「無のもの、こと」という意味の nothing になり、付随する別の普通名詞なしで否定の意味の文一般に広く使える。

I see nothing.（わたしは無のものが見える。）わたしは何も見えない。
You ate nothing.（あなたは無のものを食べた。）あなたは何も食べなかった。
She reads nothing.（彼女は無のものを読む。）彼女は何も読まない。
Nothing happens here.（ここでは無のことが起きる。）ここでは何も起きない。
Nothing lasts forever.（無のものが永遠に存続する。）すべてのものには終わりがある。

「あなたは無のものを食べた」とか「彼女は無のものを読む」などという文は日本語としておかしいので、「無のもの」という語が何か特定のもの——無という種類のもの——をさす名詞だとふつうに思う日本人はきわめて少ないだろう。先の例と同様、カッコ内の直訳は、それに続くカッコ外の意訳として解釈してはじめて意味をなすのはあきらかだ。「のもの」を取り除いてただ「無」としても同様である。だが英語では nothing はごくふつうに使われるごくふつうの名詞なので、表面上の文法を真に受けると、世の中にあるもののうち特定の種類のものがあって、それが「無（のもの）」である、という考えを自然に抱いてしまうかもしれない。

こういう点においては英語より日本語のほうが理にかなった言語であるように思えるのだが、日常言語から不必要に逸脱した日本語に魅力を感じるひとは、英語に対する日本語のこの優位性をわざわざ放棄あるいは意図的に無視して、英語的な表層文法に固執した「学術的」に聞こえる日本語を自分で好んで使用するのみならず、同じことを他人にも強制したくなる誘惑にかられるかもしれない。「何にも直面しない」を「無に直面する」と言い直したうえで、「無」を真の指示名詞として解釈することによって、現実にあるもののなかには色々な種類のものがあって、その一つが無である、というような奇妙きてれつな形而上学の説を編み出すかもしれないのである。そして、その空中楼閣のなかで、無とは何か、どのような種類のものか、という人工的に作りだされた「難問」について永遠に議論し続けるかもしれない。日常言語という確固たる地にしっかり足をつけることを忘れると、深遠に聞こえるかもしれないがじつは空虚な言葉づかいにまどわされて、出口なしのハエ取りツボに入ってしまったハエのように、無意味な理論構築へとみちびかれた結果その理論のなかだけで生まれうる疑似問題に直面して独り相撲をとりつづけることになるのだ、というヴィトゲンシュタインの警報に、わたしたちは耳を傾ける必要があるだろう。

無は、ひとやものではなく操作である、ということを肝に銘じておかなければならない。「無」はそれ自体で有意味な論理文法的ユニットではなく、ほかの言葉がならんだ文脈のなかに埋め込まれてはじめて意味を持つのだ、ということを忘れてはならない。「無」は「無い（ない）」という動詞の一部であって、「何々でない」や「何々がない」という具合に「何々で」や「何々が」という言葉とならんで使われてはじめて意味を持つ。「投資して得たものは無だった」というのは、「投資して何も得なかった」すなわち「投資して何かを得たのではない」ということであり、「人生の意味は無である」というのは、「人生に意味はない」すなわち「人生に意味があるのではない」ということである。すなわち、無に関する言い回しは、否定という論理操作を意味するにすぎない。「無い」は「……でない」という意味なのであって、それ以上の意味はない。「無い」から「無」だけをとりだして、それだけで独立した意味を持つ名詞とするのは、「遠い」から「遠」だけをとりだして、独立した意味をもつ名詞としてあつかうのと大差がないと言える。世の中には色々なものがあるが、その一つに「遠」というものがある、と真面目に主張する日本人はいないだろう（もしいれば、そのひとからは遠く距離を置いたほうがいいだろう）。

　これを、数論から逆数という概念を借りて考えれば、よりわかりやすくなるかもしれない。1の逆数は1、1/8の逆数は8、2/3の逆数は3/2など、一般にn/mの逆数はm/n。つまり、あたえられた数xの逆数とは、xとその数の積が1であるような数のことである。ここで重要なのは、逆数とは「あたえられた数の」逆数以外の何ものでもない、すなわち、「逆数」という語は「何々の逆数」という言い方から独立には意味がないということである。この点で、「偶数」とか「素数」といった語とは一線を画する。偶数や素数は、多々ある数のなかの特定の種類の数だが、逆数はそうではない。

偶数の例をあげよと言われれば、2、4、6、8、または2、3、5、7などと個々の数をあげることができるが、逆数の例をあげよと言われても、何ら個々の数をあげることなどできない。それは、逆数は数の種類ではなく数に関する操作だからである。2/83という数があたえられれば、それに逆数という操作を適用して83/2という数がでてくるし、12/53という数があたえられれば、それに逆数という操作を適用して53/12という数がでてくる。あたえられた数によって、逆数操作の結果はことなるのである。

「逆数」と「……の逆数」のこの関係をもとにすれば、「無」と「……でない」の関係がわかりやすくなるだろう。「逆数」という語は「……の逆数」という言い回しに完全に依存しており、それと離れては意味をなさない。そして、「……の逆数」の意味は、「xとxの逆数の積は1である」で定義される数の操作にほかならない。それ以上の意味は「逆数」にはない。同様に、「無」という語は「……でない」という言い回しに完全に依存しており、それと離れては意味をなさない。そして、「……でない」の意味は『P』が真ならば『Pでない』は偽であり、『P』が偽ならば『Pでない』は真である」で定義される――否定という――命題の操作にほかならない。それ以上の意味は「無」にはない。

第2節　空《くう》

無と空を混同してはいけない。「無」は「……でない」の寄生語だが、「空」は「……がからっぽ（空っぽ）」の寄生語である。空なる特定のものがあるわけではないのは、無なる特定のものがあるわけではないのと同じだが、空は命題否定の操作ではない。物理的または心理的または数学的または論理的などといった何らかの意味での空間を想定し、その空間の一部、あるいはその空間内にある何らかのもの、がからっぽだという状態が空の状態である。空は、ものでも命題操作でもなく、空間の部分あるいは空間内のものの状態なのである。

からっぽの状態があるためには、からっぽである何かがなくてはならない。机の引き出しがからっぽだという状態は、引き出しがなくては成立しない。テーブルのワイングラスがからっぽだという状態は、ワイングラスがなくては成り立たない。銀河系外のある特定の宇宙空間が真空だという状態は、その特定の空間がなくてはありえない。恋人にふられた人の心がからっぽだという状態は、感情や情緒や思いを擁する心的空間がなければありえない。いかなる引き出しやグラスなどの入れものもなく、かつ、いかなるたぐいの空間もなければ、からっぽの状態は不可能である。からっぽとは、何かがからっぽということなのである。

無と空は、同一ではないからといって、まったく関係がないというわけでは、もちろんない。「グラスにワインが入っている」という命題をPとすれば、「グラスのワインは無である」は、「グラスにワインは入っていない」を肯定する、すなわちPを否定することになる。また、「グラスに甘酒が入っている」という命題をQとすれば、「グラスの甘酒は無である」は、「グラスに甘酒は入っていない」を肯定する、すなわちQを否定することになる。一般に「グラスに何々が入っている」という形の任意の命題Φについて、「グラスの何々は無である」は、「グラスに何々は入っていない」を肯定する、すなわちΦを否定することになる。そしてもしこのようなすべてのΦの否定が真ならば、グラスはからっぽだということになる。無が否定する諸命題に共通のトピックである入れものが空だと言えるわけだ。かつまた、この逆も真である。つまり、何かが空ならば、その何かを共通のトピックとする適切な諸命題の否定が真となる。これが、無と空の関係なのである。

第3節　非存在

無と空は、どちらも非存在と同じではない。シャーロック・ホームズが存在しないということは、シャーロック・ホームズが無のひとだ（nobody）ということではない。シャーロック・ホームズは何者でもない、という主張は偽だからだ。シャーロック・ホームズについての真なる述定はいくらでもある。ヴィクトリア朝イギリスのロンドンに住んでいた、私立探偵だ、医者のジョン・ワトソンを友人に持つ、鋭い演繹力で知られる、など。

もちろん、現実のヴィクトリア朝イギリスのロンドンの住民リストを見ても彼の名前はない。だがそれは、シャーロック・ホームズが現実のヴィクトリア朝イギリスのロンドンの住民ではなかったということを示すにすぎないのであって、ヴィクトリア朝イギリスのロンドンの住民ではなかったということを示すことにはならない。ちょうど、あなたがデンマークで税金を納めていないからといって、税金を納めていないということにはならないのと同じだ。日本で税金を納めていれば、デンマークで納めていなくても納税者であることにかわりはない。同様に、現実世界でヴィクトリア朝イギリスのロンドンの住民でなくても、コナン・ドイルが描写したシャーロック・ホームズ物語の世界でヴィクトリア朝イギリスのロンドンの住民ならば、ヴィクトリア朝イギリスのロンドンの住民だと言えるのである。デンマークは素晴らしい国だが、数多くある国々の一つにすぎない。それと同じく、現実世界は素晴らしい世界だが、数多くある可能世界の一つにすぎない。現実世界にいないからといって無のひとだということにはならず、現実世界にないからといって無のものだということにはならない。

だが、現実世界に存在しないならば、現実世界では無のひと（もの）なのではないのか。デンマークで納税しないならば、たとえ日本で納税していてもデンマークでは納税者でないのと同じく、現実世界に存在しないならば、たとえドイルが描写したシャーロック・ホームズ物語の世界に存在しており、そこでロンドンの住民だったとしても、現実世界ではロンドンの住民でも何でもなく、無のひとなのではないのか。たしかに、「ヴィクトリア朝ロンドンに住む」、「私立探偵だ」、「医者ワトソンを友人に持つ」、「演繹力が鋭い」などの述語は、現実世界においてはホームズに当てはまらない。このような述語はすべて、ドイルが物語のなかでホームズに適用した述語なので、その物語の内部のみで有効だからである。しかしだからといって、現実世界でホームズに適用可能な述語は一つもないということになるのだろうか。

いや、ならない。物語の中でのみ当てはまる述語以外にも、ホームズに当てはまる述語があるのだ。たとえば、「世界中に多くのファンを持つ」や「その推理力が多くの人々を魅了する」といった述語は、現実世界でホームズに当てはまる。さらに言えば、「コナン・ドイルによって描写された」、「フィクション上の人物である」、「物理的実体ではない」などの述語も現実世界でホームズに当てはまる。このように、ホームズは現実世界でも無のひとではなく、かなり豊かな諸性質を持った架空の人物なのである。存在はしないが、無のひと（nobody）ではない誰か（somebody）なのである。

空が非存在とちがうということは、もうあきらかであろう。現実世界に限って言うと、ホームズは非存在だが、からっぽだとは言えない。それどころか、非存在なゆえに「からっぽ」という述語は当てはまらない。グラスがからっぽでありうるのは、そもそもグラスとして存在するからであり、存在しなかったら満杯でもからっぽでもありえない。

ドイルが描写した物語の世界では、ホームズは存在する。そして、その世界ではホームズはからっぽではない。だが、もしホームズの身体あるいは心をある種の容器として捉えて、それを満たしているものをすべて除去したとしたら、容器としてのホームズはからっぽになる、と考えることはできるかもしれない。しかし、その場合、ホームズはからっぽの容器として存在しているので、空と非存在を同一視するような例にはならない。

第15章

不思議の国のチャレンジへの答え

その１　あなたが新島々にいると仮定したうえで、ロサンゼルスでわたしが「あなたはここにいる」と言えるような「ここ」という言葉の使用法があるだろうか。

「ここ」を、話し手のいる場所をさす言葉として使わなかったらどうだろう。そういう使い方があるのはたしかだ。たとえば世界地図上のある部分を指さして「ここ」と言うことは、ごくふつうにできる。そうすれば、指さした部分があらわす特定の場所をさすことができる。「ここにブルーベリージャムの染みがついている」などと、地図の指さした部分そのものをさすこともももちろんできるが、そうではなくて地図のその部分があらわす地球表面上の場所をさすことはむずかしくない。ロサンゼルスにいるわたしが世界地図を前にして、新島々をあらわす部分を指さしながら「あなたはここにいる」と言えば、あなたは新島々にいると言っていることになるのである。

では「ここ」を話し手のいる場所をさす言葉として使うかぎり、ロサンゼルスにいるわたしが新島々にいるあなたを「ここ」にいる人として記述することはできないのだろうか。「できない」という答えはまちがっている。わたしがロサンゼルスにいて、あなたはロサンゼルスにいないからといって、あなたとわたしがいる共通の場所がないということにはならないからだ。

それは、わたしが昭和生まれで、あなたは昭和生まれではないからといって、あなたとわたしが生まれた共通の時代がないということにならないのと似ている。あなたは一九八九年二月八日に生まれた（としよう）。平成に生まれたのであって、昭和ではない。しかし一九八九年は二十世紀なので、あなたは二十世紀に生まれている。昭和に生まれたわたしも二十世紀に生まれた。よって、あなたとわたしは、ともに二十世紀に生まれたのである。そしてさらに、二十世紀をふくむすべての時代が、あなたとわたしが生まれた共通の時代だということはあきらかだろう。たとえば、紀元後、完新世、第四紀、新生代、顕生代など。

同様に、あなたとわたしがいる共通の場所はいくらでもある。ロサンゼルスも新島々も地球上の町なので、あなたとわたしは、ともに地球上にいる。さらに地球をふくむすべての場所が、あなたとわたしがいる共通の場所だと言えるのである。たとえば太陽系、銀河系、局部銀河群、おとめ座超銀河団、ラニアケア超銀河団など。そのうちのどの場所もわたしがいる場所なので、わたしは「ここ」という言葉でさすことができる。そしてそれはあなたがいる場所でもあるので、わたしは「あなたはここにいる」と言えるのである。

その2　ハッピを着た七匹のアルマジロに対してふさわしい振る舞いとは何か、身振りをそえて詳しく説明せよ。

アルマジロは嗅覚が鋭いので、納豆やドリアンを食べたあとはミント・ティーなどを飲んでから近づくようにするのがいい。また暑い日は苦手なので、動物愛護の精神にのっとって、夏場に扱うことは避けよう。視覚が弱く、真紅の布をふりかざしても牛のように突進させることはできない。ミミズやカタツムリを餌にご機嫌をとるのがよろしいが、前足の長く鋭い爪には注意すべし（身振りは省略する）。

その３　「富士山の八合目でツチブタがロンドを演奏している」という主張をするに値するような発話状況を考えよ。

フィクションの物語があって、その物語の主人公は、ライオンが支配する富士山に住んでいるツチブタである。そのツチブタは、音楽好きなライオンに食べられないようにするための自己防衛策としてロンドを演奏することをおぼえる。あるとき、ライオンが住む富士山頂に近づきすぎて追いかけられ、命からがら八合目まで逃げ降りるが、追跡は終わらないのでロンドを演奏してライオンの心を静めようとする。そういう物語について聞かれたばあい、ある時点で「富士山の八合目でツチブタがロンドを演奏している」という発言をするのはもっともである。

その４　「（猫に関するわたしたちの現実の）知覚経験は誤っており、猫は動物である」を選択して

も、わたしたちは猫が動物だということを知っていると主張することはできるのだが、それはいかにしてか。また、そのようにしてなされた主張の信憑性はどうか。

猫の内部には心臓や肝臓などをはじめとする典型的な動物の臓器がある、という現実のわたしたちの知覚経験がまちがっていて、猫の内部には集積回路などがあったとしても、猫の内部にある集積回路などは自然界における進化の過程で自然発生したものだ、と主張することができる。もしそうだとすれば、猫は非常に非典型的な動物だということになる。非典型的なものの存在を信じるには、それ相応の強い証拠がいる。よって、そのような証拠がない場合このような主張は信憑性に欠ける。

さらに猫だけでなく、犬や馬やそのほかの動物の内部にも同じように、心臓や肝臓などではなく集積回路などがあったとすれば、そして、それが進化の過程で自然に発生したものだとすれば、猫は特に非典型的な動物ではなくなるので、犬や馬などが動物だという主張の正当化に必要な証拠より強い証拠はいらないが、犬や馬もふくめた動物一般が内部に集積回路を持っているという主張は膨大な知覚経験に大きく反するので、かなり強い証拠がいる。よって、そのような証拠がないかぎり、そのような主張はやはり信憑性に欠けるのである。

その5　「(N-I)何らかの場所p^1とp^2があり、$p_1 \neq p_2$であり、p^1とp^2には共通部分がなく、x

のすべての部分がp^1にあり、かつyのすべての部分がp^2にある」の「NI」とは何という言葉の省略形か。

「Non-Identity」。

その6　アリスをアリスたらしめているものは何かという問いとは独立に、一般的に言って、物理的でも心理的でもないようなものはあるか。あるとしたら例をあげよ。

自然数論には色々な真理があるが、そのうちのいくつかは「存在命題」、すなわち、これこれの性質を持つ（自然）数がある（存在する）という形の命題である。たとえば「81の2乗根がある」、「7より大で17より小の素数がある」、「70の100乗より大の偶数がある」など。81の2乗根、7より大で17より小の素数、そして70の100乗より大の偶数はあるのだ。これらはすべて数なので、数はあるということになる。数は物理的でも心理的でもないものなので、物理的でも心理的でもないものがあるわけだ。さらに、70の100乗より大の偶数は一つや二つではなく無限の数あるので、物理的でも心理的でもないものは無限の数あるのである。

（自然）数だけではない。「あの人の言っていることは誤りだ」とか「あなたが言っていることは正しい」などと言うとき、わたしたちは何について「誤りだ」とか「正しい」という判断をくだしているのだろうか。答えはあきらかに、「誰々が言っていること」である。「誤りだ」とか「正しい」などの述定ができて、そういう述定のうちいくつかは真なので、そうした述定の対象になっている「誰々が言っていること」は存在する。よって、もし「誰々が言っていること」が物理的でも心理的でもないものならば、数以外に物理的でも心理的でもないものがあるということになる。では、「誰々が言っていること」とはいったい何ものなのだろうか。

「それは文にほかならない」と答えたい読者は少なくないかもしれないが、残念ながらその答えはまちがっている。さらに、もし仮にまちがっていなかったとしても、「誰々が言っていること」が物理的または心理的なものだということにはならない。まずこの後者の点、すなわち、文は物理的なものでも心理的なものでもないという点を論じよう。そのあとで、「誰々が言っていること」は文ではないということを見る。

「カモノハシは哺乳類だ」という文を例にとろう。この文は、あなたがいま見ている本のページに印刷されている。ならば、そのページを焼き捨てればこの文はなくなる（存在しなくなる）のだろうか。いや、なくならない。ページの表面についている「カモノハシは哺乳類だ」というパターンのインクの染みはなくなるが、文そのものはなくならない。世界中には、本やノートなどについている「カモノハシは哺乳類だ」というパターンのインクの染みがたくさんある。だが「カモノハシは哺乳類だ」という文はただ一つである。よって、そのようなインクの染みは「カモノハシは哺乳類だ」という文ではない。その文が何らかの物理的なものならば、そのようなインクの染みよりすぐれた候補者はないだろう。ゆえに、「カモノハシは哺乳類だ」という文は物理的なものではない。

さらに、「カモノハシは哺乳類だ」という文は書き留めることができるだけではなく、口にだして言うこともできるということを忘れてはならない。ということは、この文が何らかの物理的なものならば、そういうふうに発音されたときに発する音波の列よりすぐれた候補者はないだろう。だが、この文はただ一つであるにもかかわらず、そのような音波の列は世界中にたくさんある。ゆえに、「カモノハシは哺乳類だ」という文は物理的なものではない。

そもそも、「カモノハシは哺乳類だ」という文はノートに書けるし声にだして発話もできるというあきらかな事実が、「カモノハシは哺乳類だ」という文が物理的なものではないということをすでに如実に示している。インクの染みと音波は、まったくちがう物理的なものだからである。

では心理的なものならどうだろう。「カモノハシは哺乳類だ」という文が心理的なものだとしたら、どういう種類の心理的なものなのだろうか。知覚経験、信念の状態、記憶、感情、情緒などが思い浮かぶのだが、いずれにしても物理的なものについての考察と並行する考察ができるように思われる。いかなる種類の心理的なものも、それを自分のものとして所有する心理的主体がいなくなればなくなる。だが、そういう心理的主体が一人いなくなったからといって、「カモノハシは哺乳類だ」という文そのものがなくなるわけではない。さらに、そういう心理的主体は数多くいるので、心理的なものも数多くある。だが「カモノハシは哺乳類だ」という文はただ一つである。ゆえに「カモノハシは哺乳類だ」という文は心理的なものではない。

「カモノハシは哺乳類だ」という文は、物理的なものでも心理的なものでもない。では、いったいどういう種類のものなのか。これについての詳しい考察をする余地はここにはないが、少なくとも何らかのパターンだと言うことはできるかもしれない。ここで言うパターンとは、物理的なパターンでも心理的なパターンでもない。もう少し抽象的な意味でのパターンである。それについてもっと詳しく論じるには、「語」や「句」や「節」といった概念の導入が必至であり、さらに「文法」という概念をそもそもはっきりさせなければならない。ここではそれはできないので、つぎのポイント、「誰々が言っていること」は文ではないというポイントに話を移そう。

何かを言うためにはふつう文を発する（口にだしたり紙に書いたりする）が、発した文が、言われていることなのではない。それは簡単に証明できる。あなたが「カモノハシは哺乳類だ」と言ったとする。日本語の文を発し、そうすることによって何かを言ったのである。そして、その言ったこと、すなわちカモノハシは哺乳類だということ、は真なことである。さて次に、英語で「The duckbill platypus is a mammal」と言ったとしよう。最初のときとは別の文を発しているということはあきらかだ。最初の文は日本語だがこの文は英語だからだ。しかしこの英文を発することで、あなたは何と言ったのだろうか。それは、カモノハシは哺乳類だということであるのにまちがいない。つまり日本文を発することで言ったことと、英文を発することで言ったことは同じことである。文は二つ、言われたことは一つ。よって、言われたことは文ではない（言われたことを発された文以外の文とする立場はこの論証で論駁されないが、突拍子もない立場なのでここでは無視する）。

こうして文とは区別された何ものかとしての「言われたこと」は、ふつう「命題」と呼ばれる（本文では命題についての話はすでにでてきている）。通常わたしたちが「正しい」とか「誤りだ」、あるいは「真だ」とか「偽だ」と言うとき、話題になっているのは命題にほかならない。正しさや真理性といった性質を持つ対象は命題である。文は命題を表現するのに使われるので、表現する命題が真である文は、それ自身も真であると言われるが、それは命題の真理性におんぶされた真理性、つまり派生的な真理性でしかない。もともとの根本的な真理性は、命題の性質なのである。

では、命題とは何ものか。文と同じように物理的でも心理的でもない何かなのだが、それについて詳しく検討する余地はないので、物理的でも心理的でもない抽象物である文よりもさらに抽象的なのが命題である、とだけ言っておこう。

その7　宇宙のどこにもユニコーンは見つからない、と断言することは危険である。銀河系いやたとえ太陽系の中に限ったとしても、いくら探してもユニコーンが見つかることは絶対にない、などと言うことは完全には正当化できないように思われる。にもかかわらず、ユニコーンが宇宙のどこにもいないものとして話を進めることが不適切でないのはなぜか？

このチャレンジは、分析哲学の方法について考えるいい機会を与えてくれる。ユニコーンは宇宙のどこにもいないか、宇宙のどこかにいるかどちらかである。もし宇宙のどこにもいないとすれば、ユニコーンが宇宙のどこにもいないものとして話を進めることに問題はない。もし宇宙のどこかにいるとすれば、宇宙のどこにもいないものとして話を進めることは、事実に反する仮定にもとづいて話を進めることである。しかし、事実に反する仮定にもとづいて話をすることそれ自体には不適切なことは何もない。

「わたしは東京駅にいるとしよう。すると、東京駅はカリフォルニアの外にあるので、わたしはカリフォルニアの外にいるということになる」。このように話を進めるにあたっては、まず「わたしは東京駅にいる」という仮定をするが、この仮定は事実に反する仮定である。わたしは東京駅にいないというのが事実である。だからといって、この話の進め方に問題があるということになるのだろうか。もちろん、ならない。

ある個体が何らかの場所にいて、その場所がさらなる場所の外にあるならば、その個体はそのさらなる場所の外にいる、という話の要旨に何ら影響はないからだ。わたしとか東京駅とかカリフォルニアといった特定の個体や場所が重要なのではないのだ。代名詞や固有名詞の代わりに変項を使って次のように言いあらわしても、重要な論点が損なわれることはない：「xはyにいるとしよう。すると、yはzの外にあるので、xはzの外にいるということになる」。

ここでもし「の外にある（いる）」という部分も変項で置き換えて、「xはyにいるとしよう。すると、yはzとRという関係にあるので、xはzとRの関係にあるということになる」と言ったとすれば、一般化されすぎて話の要旨が失われてしまう。これは任意の二項関係Rについて正しいわけではないからだ。たとえばRを「より大きい」という関係で置き換えれば、「xはyにいるとしよう。すると、yはzより大きいので、xはzより大きいことになる」となり、これは任意のx、y、zについて言えるわけではない。あなたが東京駅にいて、東京駅が奈良の大仏より大きくても、あなたが奈良の大仏より大きいということにはならない。

与えられた分析哲学的な話あるいは思考実験において、どの部分が変項で置き換えられ、どの部分が置き換えられないかを把握することは決定的に重要である。変項で置き換えられる部分は、話あるいは思考実験の生々しさや直観に訴える力の強さを高める効果はあるかもしれないが、分析哲学的なポイントの核心にとって本質的とは言えない。ユニコーンが宇宙のどこにもいないと仮定するかわりに、グリフォンが宇宙のどこにもいないと仮定しても話の大勢に影響はない。地球上に存在すると確実にわかっていない動物なら何でもいいのである。要は、個体は宇宙のどこにも存在しなくても性質は存在しうる、という論点が検討の的になっているということなのである。

その8　「もしx＝yならば、xについて真なことはyについても真である」という原理（L）の「L」という文字は何に由来するのか？

ライプニッツ（Gottfried Wilhelm von Leibniz, 一六四六—一七一六）の名前の頭文字。

その９　ハチドリ性が同時に多々の場所に存在するとしても、それは原理（L）に反しないのはなぜか。

（L）もしx＝yならば、xについて真なことはyについても真である。

この原理（L）は、同一のものは識別不可能だと言っているだけなので、ハチドリ性という一つのもの（性質）が別々の場所に同時に存在するのを妨げはしない。場所b_1と場所b_2が別々の場所で、ハチドリ性がb_1に存在し、かつb_2に存在するとすれば、b_1に存在するハチドリ性とb_2に存在するハチドリ性は同一なので、（L）により、b_1に存在するハチドリ性はb_2にも存在するし、b_2に存在するハチドリ性はb_1にも存在する。つまり、ハチドリ性という一つの性質はb_1に存在し、かつb_2に存在する。これは普遍者としてのハチドリ性のあるべき姿であって、（L）は問題を引き起こさないのみならず、そのあるべき姿を確証するのである。

その10　交響曲がコンサートホールで演奏されるとき、それはコンサートホール中に空間的な広がりを持っているのではないのか。

交響曲とその演奏を区別することが大切である。演奏はコンサートホール中に広がりを持つと言えるかもしれないが、だからといって、演奏される交響曲そのものがコンサートホール中に広がりを持つということにはならない。ドヴォジャークの交響曲第9番『新世界より』は一つの交響曲だが、その演奏はこれまで数多くおこなわれている。ある日プラハであった演奏と、別の日にまったく独立に東京であった演奏は二つの演奏であり、そのどちらも交響曲『新世界より』と同一ではない。2≠1という数学的真理がそれを裏づける。

さらに、前述のライプニッツの原理（L）も使える。仮に東京での演奏が交響曲『新世界より』と同一ならば、（L）によって、前者に言えることは後者にも言える。前者については次のことが言える：もし東京で何も交響曲が演奏されなかったら、その演奏は存在しなかっただろう。よって、後者についても同じことが言える：もし東京で何も交響曲が演奏されなかったら、交響曲『新世界より』は存在しなかっただろう。だがこれは偽である。東京で交響曲が演奏されようがされまいが、交響曲『新世界より』の存在は左右されない。では、特定の演奏とは独立に存在するものである交響曲『新世界より』とはいったい何ものなのか。この問いに答えるために、次のような考えが有用だと思う読者がいるかもしれない。

二百ページの本は一冊の本である。200 ≠ 1。よって、本はページと同一ではない。だがこれは、各々のページは本と同一ではないということであって、二百のページ全部を一緒くたに（製本）したものが一冊の本だということと矛盾しない（簡略化のために、表紙などページ以外の本の部分は無視する）。つまり、二百ある（製本された）ページを一つのまとまった全体としてみれば、その全体は本と同一視できる。全体は一つしかないので、200 ≠ 1という数学的真理に反するのではなく、1 = 1という数学的真理を例示しているのである。これを目下の検討に当てはめれば、交響曲『新世界より』は、個々の演奏の集まりであると言えるだろう。演奏の集まり以外の何ものでもないとすれば、演奏が持つ性質をある意味で継承できると言えるので、「コンサートホール中に広がっている」という性質も持つと言うことができる。

こういう意見は刺激的だが、いろいろ問題がある。まず「集まり」とは何か。集合でないことは確かだ。本はページの集合ではない。製本される以前にページは存在するので、そのときページの集合も存在するが、本は存在しない。また、本は「100グラムである」とか「手に取ることができる」といった物理的な性質を持つ時間・空間内に存在する物体だが、集合はそうではない。集合はメンバーの物理的な集まりではない。これは次のような考察からあきらかである。日本国土は都道府県の地理的集まりであると同時に、地方の地理的集まりでもある（地方とは、北海道、東北地方、関東地方、中部地方、近畿地方、中国地方、四国地方、沖縄もふくめた九州地方のこと）。すべての都道府県かつそれのみをメンバーとする集合S_1には地方はメンバーとして入っていないし、すべての地方かつそれのみをメンバーとする集合S_2には都道府県はメンバーとして入っていない。よって、S_1とS_2は別々の集合である。にもかかわらず、S_1のメンバーの地理的集まりと、S_2のメンバーの地理的集まりは同一――すなわち日本国土――である。

もう一つの問題点は、集まりが集合か集合でないかにかかわらず、集められるもの一つ一つの性質が集まりに継承されるという主張は疑わしいということだ。たとえば、ごくふつうの体格の大人の男性が五人いるとする。そしてその五人は、協力すればグランドピアノを持ちあげることができるとする。もちろん一人一人では持ちあげられない。つまり、各々は「グランドピアノを持ちあげることができない」という性質を持っているが、集まりはグランドピアノを持ちあげることができる、すなわち、「グランドピアノを持ちあげることができない」という性質を持っていない。また、一人一人はおとなしく従順な人たちが多数集まると、その集団はおとなしくも従順でもなくなるということは稀ではない。人間の集まりではない例をとれば、水の分子一つ一つは人間を溺れさせることもできないし魚の生存を支持することもできないが、十分多数集まれば人間を溺れさせることや魚の生存を支持することができる。これらの例では、集まりが集合だということは仮定していないということに注意せよ。

さらにもう一つ考慮に値することがある。交響曲と演奏の関係は、じつは（物理的なもの、物体としての）本とページの関係とくらべるよりも、（創作物としての）著作と（物体としての）本の関係とくらべるほうがいいということである。作曲家が交響曲を創作するのは、出版社が本を製本するのよりも、執筆者が著作物を創作するのに比較されるべきなのだ。創作性という見のがしてはならない共通項があるのはもちろん、作りだされるものの形而上的地位が共通しているという点で目下の議論に重要なのである。

『『不思議の国のアリス』の分析哲学』という本書は一冊の著作であり、複数の著作ではない。それを書いた執筆者であるわたしは一冊の著作を創作したのであって、複数の本を製本したのではない（わたしには複数の著作があるが、そのうち一冊のみが『『不思議の国のアリス』の分析哲学』である）。あなたが書店で買った印刷物である本は、わたしが出版社から受け取った印刷物と同じ印刷物ではない。同じ『『不思議の国のアリス』の分析哲学』という著作だが、同じ物体ではない。交響曲『新世界から』が奏者によって（音として）物理化され（演奏され）、それがコンサートホールで提示されて人々に聴かれるように、著作『『不思議の国のアリス』の分析哲学』は出版社によって（印刷物として）物理化され、製本されて書店に提示され人々に購読されるのである。交響曲も著作も、物理化される以前にすでに存在しているものとして見なす必要があるのである。

だが、これは創作活動全般に言えることではない。絵画と彫刻がいい反例である。レオナルドのモナリザやミケランジェロのダヴィデは、あきらかに物体であり、それらを創作するということは、その物体を物理的に作りだすという作業だったのである。そういう作業の以前にそれらの作品が抽象的に存在していてレオナルドやミケランジェロがそれを単に物体化した、という記述は彼らの創作行為の誤った記述でしかない。レオナルドやミケランジェロの頭の中にある程度確固としたアイデアがあったことは疑いないが、アイデアは絵画でも彫刻でもない。アイデアは心的なものであるのに対し、絵画や彫刻は物理的なものだからだ。モナリザをレオナルドのアイデアと同一視し、ダヴィデをミケランジェロのアイデアと同一視したら、レオナルドもミケランジェロもいない現在、モナリザもダヴィデも存在しないと言わねばならない。それは、あきらかにまちがっている。

その11　三次元空間的広がりを持たない存在者のさらなる例をあげよ。

抽象物は空間に広がりを持たないだけでなく、空間的位置も持たない、つまり、空間のどこにも存在しない。空間に広がりを持たないものの例としてこれまでにあげたものは、どれもこの意味で抽象物であったが、空間的位置はあるが広がりはないような存在者の例をあげることはできるだろうか。これは「広がり」という言葉で何を意味するかによる。ここでは話をおもしろくするために、「三次元空間の広がり」という意味に解釈しよう。なので、位置は持つが「広がりを持たない」とは、ゼロ次元の位置しか持たないということでは必ずしもなく、一次元または二次元の空間的広がりはあるが三次元空間の広がりはないという状況もふくめる、ということにしよう。

ではまず、二次元に広がっているが三次元の広がりはないものの例をあげよう。影である。晴天の日に外出すれば自分の影が見える。影は地面に広がっているが厚さはない。二次元的な存在者だが、三次元の広がりは持たない。影を存在者として認めたくない読者は、影には性質があるということに気づくべきである。晴天の日のあなたの影は、地面のこれこれの位置を占める、これこれの形をしている、これこれの面積であるなどの性質、さらに（あなたが歩けば）これこれの速さでこれこれの方向に動くという性質を持つ。これらの性質は、そこにある何らかのものの性質であり、そのものが影なのである。

影は二次元の広がりしか持たないので、正の値の体積などの、三次元的広がりを要求するような性質は持ちえない。また、地面（や建物の壁などの表面）から離れることはありえないので、舞い上がったり持ち上げられたりはできない。しかし、だからといって影は存在しないなどとは言えない。あなたの身体は、三次元空間に広がっているだけであって四次元空間に広がっているわけではないが、だからといって存在しないと言うのはおかしなことである。「三次元空間的に存在するが、四次元空間的に存在しない」と言うことはできるかもしれないが、「四次元空間的に存在しない」は「存在しない」を含意しない。「アンドロメダ銀河に存在しない」が「存在しない」を含意しないのと似ている。同様に、「三次元空間的に存在しない」は「存在しない」を含意しない。

二次元的広がりしかない影は、持てる性質が限られるという点で、三次元的広がりがある物体と形而上的にことなるだけでなく、認識的にも相違がある。三次元的広がりがある物体は（ふつう）五感すべてによって認識できるが、影はそうはいかない。視覚のみでしか認識できない。トゲがあるが赤くて甘い香りのする一輪のバラは、視覚、嗅覚、触覚、味覚、聴覚の五感すべてを通してわたしたちに感覚経験を与えることができるが、そのバラが花壇に落とす影は、見ることはできるが、嗅ぐことも、触ることも、味をみることも、聞くこともできない。形、（影の）濃さ、動きなど視覚でとらえられる性質はあるが、そのほかの感覚でとらえられる性質はないからである。影がある花壇の土に手を触れても、それは土の感触を得られるだけで、影に触っていることにはならない。影がある場所を触っているとは言えるかもしれないが、影を触っているとは言えない。同じように、影がある場所のにおいを嗅ぐことはできるが、そのにおいはそこの土のにおいであって、影のにおいではない。味覚と聴覚についても同様のことが言える。

このように形而上的にも認識的にも物体とはちがう――はっきり言えば「劣る」――影は、物体より一段下のランクの実体だと言わねばならないだろう。物体ほど「厚みがない」、物体より「影が薄い」実体だというわけだ。そもそも影を落とす物体がなければ、影はできない。また物体があっても、その物体の一方に光源があってそこからの光のうちその物体に当たらない光を反射する近傍の表面がなければ、影はできない。この意味でも、影は形而上的に言って派生的なものとみなすことができるだろう。もちろん、派生的だからといって存在しないということにはならない。それどころか、「派生的に存在する」は「存在する」を含意する。

次に、一次元空間的広がりしか持たないものの例をあげよう。境界線である。日の丸の旗は、白い背景と赤い丸から成っている。その背景と丸の境界線は、一次元の広がりを持つが、それ以上の空間的広がりは持たない。「日の丸の旗には背景と丸という二次元的広がりを持つもののほかには何もない」と言いたい衝動にかられる読者は、境界線はそれ独自の性質を持っているということに気づいてほしい。円形をしている、これこれの位置にある、これこれ（丸の半径をrとすると$2\pi r$）の長さである、などの性質である。二次元またはそれ以上の次元の空間的広がりを要求する性質は持ちえないのは当たり前だが、だからといって存在しないとは言えない。「二次元空間的に存在しない」は「存在しない」を含意しないからだ。

境界線が円形だというのと、赤い丸が円形だというのでは「円形」の意味が微妙にちがう、ということに注意しよう。前者では、特定の一点（赤い丸の中心点）から等距離（r）にある点の集まりという意味であり、後者では、そのような点の集まりで閉じられている二次元の形という意味である。また、境界線の位置は赤い丸の位置と同じではないということにも気づくべきである。赤い丸が占めるのは白い背景に重なる丸い部分全体だが、境界線が占めるのはその丸い部分の円周だけである。

さらに、$2\pi r$は境界線の長さであって、赤い丸の長さとは言えないということを忘れてはならない。赤い丸について、その面積がπr^2だとは言えるが、その長さが$2\pi r$だと言うのはおかしい。赤い丸には（自然な意味での）長さなどない。赤い丸の円周には長さがあり、それは$2\pi r$だが、円周は赤い丸そのものではなく、赤い丸と白い背景の境界線にほかならない。

影と同じように、境界線も形而上的に派生的な実体である。白い背景と赤い丸がなければ、そのあいだの境界線もない。境界線とは、何かと何かのあいだの境界線だからである。ちょうど影が何かの影であるように。

　ここで、影と似ているが、影からも境界線からもはっきり区別すべきものに言及しよう。それは（本文で何回か登場した）残像である。赤い丸を凝視した直後に白い背景に目を移せば見える丸い緑の残像は、物体や光源に形而上的に依存するので、影や境界線のような派生的な実体であるかのように思われるかもしれないが、じつはそうではない。影や境界線とちがって、厳密な意味では残像はものではないからだ。影や境界線は、三次元空間的な広がりを持つものではないにしても、ものであることにかわりはない。客観的に測定可能な性質を持ち、わたしたちが見ていなくても、花壇のバラの傍らに、あるいは、白い背景と赤い丸のあいだに、ちゃんとある。そこに、客観的に位置している。残像はそうではない。視覚経験の主体がある種の視覚経験をしている、という以上のリアリティーは残像にはない。たかだか視覚的イメージとしてのリアリティーがあるにすぎない。

　おまけとして、空間に二次元的広がりを持ちはするが、その持ち方が尋常ではない存在者の例をあげる。星座である。星座にはあきらかに空間的広がりがある。たとえばオリオン座は、ギリシャ神話の巨人オリオンに見えるという理由で一つの星座と見なされる星や星雲の集まりである。巨人オリオンの姿を提示するのに欠かせない主な恒星は、ベテルギウス、リゲル、ベラトリックス、ミンタカ、アルニラム、アルニタクで、この星座の中心的要素である。話を簡単にするために、ほかの要素は無視して、オリオン座はこの六つの恒星からなっている星座だということにしよう。

オリオン座はあきらかに（宇宙）空間に広がっている。六つの恒星が全体として占める空間に広がっている。そして、六つの恒星はすべて三次元空間的広がりを持つ物体であり、その集団全体が占める宇宙空間も三次元である。にもかかわらず、オリオン座は二次元空間的な広がりしか持たない。なぜなら、オリオン座は六つの恒星の（物理的な）集まりではないからである。もし六つの恒星の集まりだったとしたら、その集まりを見ていればオリオン座を見ていることになるが、その集まりを銀河系から遥か遠くはなれた場所から見たならば、巨人オリオンのようには見えないので、オリオン座を見ていることにはならないからだ。サソリのように見えるかもしれないし、ツチブタのように見えるかもしれない。あるいは特に何の形にも見えないかもしれない（地球から見ても何の形にも見えないと言うひとはいる）。六つの恒星そのものの位置的相互関係が変わったわけではない。六つの恒星の集まりの内的構造に変化はない。だが、巨人オリオンのように見えない星の集まりはオリオン座とは言えないので、それはオリオン座とは言えない。

つまり、ある特定の「見え」がオリオン座の本質なのである。そして、「見え」は星の集まりの性質ではない。六つの恒星の集まりの性質すべてを知ったとしても、その集まりがどう見えるかという問いへの絶対的な答えはでない。どこにいる観察者の視点から見てどう見えるか、と問う必要がある（場所だけでなく時間によっても見え方は変わるが、ここではそれは無視する）。六つの恒星の集まりを地球から見たときわたしたちに提示される「見え」がオリオン座なのだ。地球から測った六つの恒星のあいだの距離と深さの関係――どの恒星がどの恒星よりどれだけ地球に近いか遠いかという関係

――は、オリオン座をオリオン座たらしめる特徴ではない。ということは、オリオン座は深みがないということだ。すなわち、オリオン座は三次元空間的広がりではなく、二次元空間的広がりを持つということである。

もっと言えば、オリオン座はその六つの恒星がなくても存在できる。オリオン座であるその「見え」は、その六つの恒星の地球からの「見え」でなくてもいい。たとえばアルニラムのかわりに別の恒星が地球から見てまったく同じ場所に位置して同じ「見え」を提示していたとしたら、オリオン座の同一性にまったく影響はないだろう。さらに、一つだけではなく六つの恒星すべてが同じように「見え」を変えない別の恒星にとってかわられたとしても、オリオン座はオリオン座としてあるだろう。

その12　内閣を成す政治家たちは内閣発足以前にも内閣改造以後にも存在するので、内閣をその政治家たちの集合とは見なせない、という議論は受け入れられるか。もしそうならば、ハチドリ性を集合と見なす理由が失われるか。

その議論は、意図されている意味では受け入れられるが、ハチドリ性を集合と見なす理由を奪いはしない。なぜなら、その議論は暗黙の了解ごとを無視しているからだ。

内閣が政治家たちの集合だと言うときわたしたちが意味するのは、閣僚としての政治家たちの集合だということである。実際に閣僚である政治家は閣僚でなくても存在できるので、閣僚としての政治家たちの集合と政治家たちの集合はことなりうる。これに対し、ハチドリ性として見なされる集合はハチドリとしての鳥の集合であるが、実際にハチドリである鳥はハチドリでなくては存在できないので、ハチドリとしての鳥の集合とハチドリである鳥の集合はことなりえない。

ここで重要な「……として」という概念は原初的に必要な概念ではなく、時点と可能世界や不可能世界を擁する広い意味での「様相形而上学」において定義し去ることができるが、残念ながらここではそれを論じる余地はない。

その13　「ナナコの主張は真ではない」とロクローが主張するのと同時にナナコが「ロクローの主張は真である」と主張するとき、ロクローの主張はパラドキシカルか。

もしロクローの主張が真だとすれば、ナナ子の主張は真ではない。ナナコはロクローの主張は真だと言っているので、ロクローの主張は真ではない。すなわち、もしロクローの主張が真だとすれば、ロクローの主張は真ではない。よって、ロクローの主張は真ではない。さらに、ロクローの主張の内容は、ナナコの主張は真ではないということなので、ナナコの主張は真ではなくない、つまり、真である。ナナコはロクローの主張は真だと言っているので、ロクローの主張は真である。ゆえに、ロクローの主張は真ではなく、かつ、ロクローの主張は真である。ということは、ロクローの主張はパラドキシカルである。

その14　24金性の関数が不可能世界w_{24}にあてがう集合は、w_{24}において24金である個体をメンバーとする集合であり、その集合に、あなたのペンダントはメンバーとして入っている、かつ入っていない。この深刻な問題を解決せよ。

性質の関数はそれぞれの世界に一つの集合をあてがう、という立場を捨てて、二つの集合をあてがうという立場を取ればいい。一般に、性質Pは、任意の世界wについて、二つの集合s_tとs_fをあてがう。s_tは、wにおいてPを持つものすべて、そしてそれのみをメンバーとする集合であり、s_fは、wにおいてPを持たないものすべて、そしてそれのみをメンバーとする集合である。あなたのペンダントはw_{24}において24金性を持つので、w_{24}にあてがわれたs_tのメンバーである。と同時に、24金性を持たないので、w_{24}にあてがわれたs_fのメンバーでもある。あなたのペンダントは、s_tのメンバーでないことも、s_fのメンバーでないこともない。よって、s_tとs_fのいずれについても、自身と同一でない集合だという結論は回避される（性質は関数だという立場が、これで完璧に確立されたことになるのだろうか)。

あとがき

　サッカーの試合があるとする。もしあなたがサッカーファンでないならば、またはその試合に関心がないならば、それはどうでもいいことだろう。ましてその試合を見たいと思うことなどないだろう。だが、もしサッカーファンで特にその試合に大きな興味があれば、たぶん観戦したいと思うだろう。試合を見ることなしに事後に結果だけを知らされても、無知のままでいるよりはましだろうが、楽しくはないはずだ。試合の結果はもちろん大事だが、その結果がいかにしてもたらされるかを経験することがファンにとって真のよろこびになるのだから。スポーツの観戦は試合結果とは独立に、それ自体で楽しい気分を高揚させるよろこびの経験なのである。

　分析哲学も、これと大してかわりはない。あたえられた哲学的主張を擁護あるいは論駁するために試みられた議論を吟味する楽しみは、サッカーの試合を見る楽しみに似ている。どちらの陣営がその議論に勝つかはもちろん大事だが、議論の仮定から結論への推移を注意深くていねいに吟味することが、それ自体で実り多い楽しい経験なのである。ゴールのなかにボールを蹴りこむという行為は、それ自体では特におもしろくもおかしくもない。それをどういうぐあいに成し遂げるかが、おもしろいのである。

分析哲学の議論の結論は、それ自体では特におもしろくもおかしくもないかもしれない。当たり前のことを言っているように聞こえるかもしれない。しかし、それに行き着くまでの道のりが大事なのである。思考の結果が当たり前の主張だったとしても、それを注意深く確立するにいたる思考の過程が重要なのである。分析哲学の思考に限らず、哲学的思考一般の価値とは、思考することそれ自体に存する。

思考の結果達した結論があたり前だ（または常識に外れる）からといって、その思考行為そのものに価値を認めないのは、高さ二・四四メートル横幅七・三二メートルの長方形空間をボールが突き抜けるのが取るに足りないできごとだという理由で、サッカーというスポーツに価値を認めないのと大差はない。当たり前の（または突拍子もない）結論だからといって、それに至る議論を見ようとしないのは、ひいきのチームが勝つ（または負ける）試合はいままでに何度も見てきたのでもう見たくない、と言うのと似ている。

第一仮定と第二仮定から帰結するレンマ（補題）が第三仮定と組み合わさって議論の結論を導き出すのを確認するのは、ライトフルバックがひろったボールがレフトハーフバックを介してセンターフォーワードにわたり、そこから相手のゴールのなかへ蹴られるのを見るのと同じくらい、いや分析哲学者にとってはそれ以上に、ワクワク興奮することなのである。いくつかの仮定から、概念構成の緻密さと推論の論理性に支えられて結論が導きだされるのは、味方のゴール前のもみあいから、個人技とチームプレーによって相手方のゴール前へとボールがはこばれてシュートが決まるように心地いい。

その心地よさ、分析哲学をすることの楽しさを広く伝えるという試みにもってこいなのが、ほかでもないルイス・キャロルによる二つのアリス物語である。この二つの物語には、分析哲学的なあつかいに適した題材がアクセスしやすい形で多く盛り込まれているので、それらのいくつかを取り出して、そこから分析哲学的考察を繰り広げようとすることは不自然ではない。そういう本を書いてみないかという話を講談社の上田哲之氏から頂いたときは、オーダーメードで仕立てた服をはじめて着たときのようなフィット感があった。

キャロルのアリス物語を最初に英語で読んだのは十代の終わりだったと思うが、それは分析哲学を発見したのとほぼ同時だったので、両者の共通点の多さに気づくのに大して時間はかからなかった。実際のところ、いつかキャロルの物語を土台にして分析哲学の魅力を伝える仕事をしたいものだ、という目論見は二十代始めのころからあった。だがそれに先立つ仕事が次から次へと続き、二〇一四年に至ってしまっていたのである。もちろん、もともとの目論見は忘れたわけでも放棄したわけでもなかった。それは常に脳の片隅の屋根裏部屋に住み続け、満を持していたのである。というわけで上田氏の提案があったときは、渡りに舟、あつらえの服、という思いだった。上田氏の信頼にこたえる内容・語り口になっていれば、おのずから読者に満足していただくことができるだろう。

ルイス・キャロル風の軽妙さと遊びの精神は、分析哲学的な知的好奇心と相通じるところがあるということを肌で感じ取ってほしい。アリスの物語のファンには分析哲学のおもしろさを、分析哲学のファンにはアリスの物語のおもしろさを味わってもらいたい。そしてまだどちらのファンでもない読者には、新しく両方のファンになってもらえればうれしい。

二〇一五年三月　ロサンゼルスにて

八木沢 敬（やぎさわ・たかし）

1953年生まれ。Ph.D.哲学、プリンストン大学（1981年）。現在、カリフォルニア州立大学ノースリッジ校人文学部哲学科教授。専攻は、分析哲学、形而上学、言語哲学。おもな論文に「フィクションについての反創造論」（英語／*Philosophical Perspectives*／2001年）。著書に『世界と個体、可能と不可能』（英語／オックスフォード大学出版局／2010年）。日本語の著書として、『分析哲学入門』『意味・真理・存在――分析哲学入門・中級編』『神から可能世界へ――分析哲学入門・上級編』の三部作（いずれも講談社選書メチエ）がある。

『不思議《ふしぎ》の国《くに》のアリス』の分析哲学《ぶんせきてつがく》

二〇一六年六月一五日第一刷発行

著者　八木沢《やぎさわ》　敬《たかし》　©Takashi Yagisawa 2016

発行者　鈴木哲

発行所　株式会社　講談社

東京都文京区音羽二‐一二‐二一　〒一一二‐八〇〇一

電話　〇三‐五三九五‐三五一二（編集）

〇三‐五三九五‐四四一五（販売）

〇三‐五三九五‐三六一五（業務）

装幀者　古田雅美

印刷所　慶昌堂印刷株式会社

製本所　株式会社国宝社

本文データ制作　講談社デジタル製作部

Printed in Japan　ISBN978-4-06-220079-0　N.D.C.100　305p　19cm